Van Mart Smeets zijn eerder verschenen:

Rugnummers en ingevette benen
Stoempen, snot en sterven
Net echte mensen
Kopmannen en waterdragers
Het Dream Team
Behoorlijk getikt
Door naar de volgende ronde
Stukken beter
Overleven
Hoezo bezeten?
Opgeruimd
De kopgroep
Veelbesproken
Een lange ontsnapping
Een brok in de keel
Ik was nooit in Nagano
Murfreesboro Blues
Prikkels
Oranje boven!
Netwerk
Kriebels
Dertig
Bruisend
100 mannen
Sterren
Spelen
Zomeravondvertellingen
Op koers
In Amerika
De Tour van '80
Retro

Mart Smeets

Geel

Nieuw Amsterdam *Uitgevers*

Omslagontwerp Mulder Van Meurs, Toni Mulder
Foto omslag C. Barton van Flymen
ISBN 90 468 0086 5
NUR 303/489
www.nieuwamsterdam.nl

Inhoud

Het eerste geel

Iemand moet ooit de eerste geweest zijn die op een podium die beroemde trui aantrok. Wie was dat, wanneer, en hoe ging dat?

De Tour de France bestaat sinds 1903, dus lijkt de speurtocht vrij simpel. De eerste etappe was van Parijs naar Lyon over een afstand van 467 kilometer. Winnaar van die eerste etappe was Maurice Garin.

Garin reed echter nooit in het geel. Alle etappe- en Tourwinnaars van de eerste twaalf jaar eindigden gewoon in hun eigen shirt de ronde. Geel bestond in die jaren nog niet.

Toch is er twijfel. De geschiedenisboeken van de ronde maken vaag en officieus melding van het feit dat de Belg Philippe Thys in 1913 een speciale leiderstrui aangeboden kreeg door de organisatie. Zoeken in de archieven leidt niet tot 'geel'. Misschien is er wel een trui geweest, maar zelfs de officiële Tourarchieven blijven vaag. Thys schíjnt zich weleens uitgelaten te hebben over een speciale trui. Of hij die ook droeg, is niet zeker. Hij kreeg hem wel. In de kleur goud.

Uit die archieven van 1913 blijkt overigens nog iets opmerkelijks: de laatste renner in het algemeen klassement dat jaar, de Fransman Leclerc, had in Parijs een achterstand van negenennegentig uur, vier minuten en vijfenveertig seconden. Dat is ruim vier etmalen!

Na de Eerste Wereldoorlog kwam de ronde in 1919 weer op gang. Maar liefst negenenzestig stoere mannen meldden zich aan het vertrek in Parijs. De oorlog had slachtoffers geeist, ook onder bekende Tourrenners, zoals rondewinnaar Octave Lapize, die als piloot neergeschoten werd door de Duitsers. Het parcours dat jaar was 5560 kilometer lang en diende in vijftien etappes te worden afgelegd. Gekkenwerk is er heilig bij, zeggen we nu.

Elf renners kwamen in Parijs aan; onder hen de officieel eerste drager van de gele trui, de in Frankrijk mateloos populaire Eugène Christophe.

Deze man, die met trots de bijnaam 'Le Vieux Gaulois' droeg maar zich eigenlijk veel lekkerder voelde als het publiek hem 'Cri Cri' nariep, had, toen hij na twintig jaar wielrennen stopte, een bijzonder goede naam bij het Franse sportpubliek. Hij nam elf maal aan de grote ronde deel, won nooit, maar toonde telkens zijn leeuwenhart.

Hij is bijvoorbeeld de man van dat beroemde verhaal van de smidse van Bayles in Sainte-Marie-de-Campan, aan de voet van de Tourmalet. De renner moest zijn eigen vork smeden omdat het in die dagen verboden was hulp van derden te verkrijgen bij het repareren van de fiets.

Jean Nelissen, mijn leermeester in alles wat met de Ronde van Frankrijk te maken heeft, kan lyrisch uithalen over deze onmenselijke, maar wel mooie brokken Tourhistorie.

Christophe bedekt bladzijden vol van het grootboek der Tourverhalen. In 1919 was hij inderdaad de eerste geletruidrager in de ronde, maar dat was niet alles. Pas halverwege de Tour werd een gele trui uit een doos gehaald. Het gebeurde voor de etappe Grenoble-Genève. Christophe kreeg de trui van Henri Desgrange aangeboden en trok het shirt aan. Omstanders lachten en de renner zelf zei (vertaald): 'Ik lijk wel een kanarie. Wat zal mijn vrouw hier wel van denken?'

Waarom geel? Omdat de kleur papier waar het blad *l'Auto* op gedrukt werd ook die kleur had. Er zit dus een marketinggedachte achter.

Christophe zou de gele trui overigens Parijs niet binnenrijden dat jaar. Twee dagen voor het einde van de ronde reed hij in de etappe Metz-Duinkerken (slechts 468 kilometer waarvan zeker 150 kilometer over zeer slechte wegen) zijn fiets weer kapot.

Nog steeds bestond de achterlijke regel dat een renner die pech aan zijn fiets had, dat malheur zelf diende te verhelpen, en dus stond Christophe wederom zelf bij een dorpssmid aan de blaasbalg. Hij verloor door dit geintje ruim twee uur en stond in Parijs met lege handen. De zekere Touroverwinning was hem niet gegund. De Belg Firmin Lambot, die in Metz nog een dik uur achterstand op Christophe kende, won de ronde.

In de Tour van 1922 brak Christophe overigens nogmaals zijn fiets. Toen stond Onze-Lieve-Heer hem wel bij via een van zijn afgezanten op aarde. De regels waren wat versoepeld en Christophe kreeg een statig, oud en krakend herenrijwiel van een langs de kant staande pastoor.

De man van de eerste gele trui haalde in 1919 flink het nieuws. Toen de Franse kranten op straat kwamen met zijn ongeluksverhaal, kwam er een spontane, speciale inzameling in Frankrijk op gang.

De beroemde Parijse arts Henri de Rothschild doneerde het vorstelijke bedrag van 500 francs en van overal in Frankrijk werd er geld opgestuurd. In augustus 1919 stopte de teller bij 13.310 francs en dat bedrag werd zo bij Christophe afgeleverd.

Hij leefde nog lang en, blijkens de archieven, vrij gelukkig. Hij was een van de eerste echte wielerhelden van Frankrijk. Vaak poseerde hij met zijn eerste trui en toen hij in 1970 overleed, kreeg hij een grote, officiële begrafenis waar vele wielrenners uit de Tourgeschiedenis acte de présence gaven.

Vanaf 1919 dus bestaat de gele trui. Vraag is alleen of de renners er blij mee waren.

Dat antwoord is duidelijk: nee.

Vooral in de jaren twintig werd de gele trui gezien als een nadeel voor diegene die hem droeg. Hij was te opvallend en tegenstanders in de koers konden de leider al van een afstand herkennen. Veel liever droeg men de eigen, vaak donkere trui.

Langzaamaan burgerde het begrip 'gele trui' in bij de volgers, maar dat proces nam minstens een decennium in beslag.

De gele trui is, zeker na de Tweede Wereldoorlog, een begrip in de sport geworden en niet alleen in de wielersport. 'Wie rijdt er in het geel?' is een door velen begrepen vraag. Geel staat voor de leider, voor de nummer één in de koers of de wedstrijd.

Tussen Christophe in 1919 en Armstrong in 2005 liggen vele truien en nog heel veel meer verhalen. Dit zijn er slechts een paar. Iedere wielrenner die ooit geel in de Tour de France droeg, kent de betekenis, en bij iedere geletruidrager voel je de trots als er over die trui gesproken wordt. De gele trui is een droom. Al die renners die geel gedragen hebben weten dat zeker, alle renners die nooit geel om de schouders voelden, weten het ook. Die laatsten kennen niet dat heel speciale gevoel 's avonds in slaap te vallen terwijl er in hun hotelkamer een geel hemdje over de stoel hangt; zij voelen eerder een gemis in een misschien wel mooie loopbaan. De gele trui is een droom, een wens, een hoger iets. Ik las ooit in een Frans boek:

Le maillot jaune:
Rêve d'un jour,
rêve d'une vie.

Geel als droom

Het doet hem nog altijd een beetje pijn. Je ziet het aan zijn gezicht als hem de vraag gesteld wordt, bijvoorbeeld door de gasten van de Rabobank: 'En Hennie, hoeveel dagen droeg jij nou de gele trui in de Tour?'

Die gasten mogen hem alles vragen, want Kuiper is de dag van een koers of een etappe hun gastheer. Hij zorgt voor ze, hij laat ze de koers zien, hij stelt ze voor aan renners en volgers en hij beantwoordt geduldig hun spervuur aan leuke, brutale én domme vragen. Voor de bank is hij een prima uithangbord, hij is de vriendelijkheid zelve.

Kuiper is te veel een heer, denk ik weleens. Hij is zo aardig, zo meegaand, bijna serviel zelfs, dat je de neiging krijgt de Twent tegen zichzelf in bescherming te nemen. Oké, hij heeft zelf gekozen voor dit beroep, voor deze bezigheid. In zijn huidige leven werkt hij voor de Nederlandse wielerploeg en het rondleiden van gasten door de wielerwereld hoort bij zijn taken. Het zij zo. Ik ken ook grote renners die daarvoor zouden passen, maar Kuiper doet het vol overtuiging en overgave, met charme, met geduld vooral. Hij is nooit te laat, hij is altijd goed gekleed, hij staat altijd klaar met een verhaal en dat is knap.

Want we hebben het hier wel over Hennie Kuiper, een van Neerlands beste sportmensen ooit, een wielrenner met een duizelingwekkende erelijst: hij is olympisch en wereldkampioen en winnaar van vrijwel alle grote klassiekers, veelal onder uitermate spannend gesternte behaald. Zijn zeges stonden als een kasteel, waren niet gestolen en als hij de modder en het stof van Gods wegen van zich af had gewassen, bleek de man die zo angstig hard kon trappen buitengemeen aimabel en bescheiden te zijn. Geen snoever, geen grote mond, eerder het tegendeel.

En ja, dan komt er dus weleens een passant op je af die de vraag stelt: 'En Hennie, hoeveel dagen heb jij in de Tour in het geel gereden?'

In principe is het zelfs een logische vraag. Twaalf maal reed hij in La Grande Boucle. Negen maal haalde hij Parijs, de laatste jaren reed hij overigens veelal in een zelfverkozen anonimiteit. Ook de neergang van zijn sportcarrière beleefde hij voor de volle honderd procent. Hij zegt nu: 'In mijn laatste Tour was ik niet belangrijk meer voor het eindklassement en hoopte ik weleens stiekem dat ze me vijf minuten zouden geven, maar nee, omdat ik ooit een toprenner was, wordt er anders naar je gekeken. Dan geven ze niets weg, hoe ongevaarlijk je ook bent.'

En dus kijk ik hem aan en voel dat ik een bijna gênante vraag ga stellen. Hij blikt terug, vol verwachting. Dan zeg ik: 'Wil je de geschiedenis van die bíjna-mogelijkheden van het geel vertellen?'

Hij knikt. De realist staat op, maar een van zijn eerste zinnen is wel: 'Het doet me toch nog altijd een klein beetje pijn... Kijk, er zijn renners die ineens en zomaar in het geel komen. Lino, de Fransman, is er zo een. Zat in een klein groepje dat wegbleef en droeg tien dagen de trui omdat de koers gesloten bleef. Ander grappig voorval. Pevenage reed in het geel, we waren op weg naar Luik. Ik reed lek onder aan de Stockeu. Ik moest wachten op een wiel, kwam terug en pikte ineens Pevenage op, die serieus gelost was uit de eerste groep. Met hangen en wurgen kon hij toen in mijn wiel mee en behield die avond de trui. Dat zijn kleine voorvallen die de geschiedenisboeken niet halen.'

Hij haalt adem: 'Poulidor dan? Nooit een dag geel en toch geen kleine ronderenner. En ik hoor in dat rijtje...

dichtbij geweest, maar nooit... Er zijn momenten dat het een tikje pijn doet.'

Nog altijd dus. In de jaren dat hij voor de zege ging, moet het ook aan zijn gemoed hebben geknaagd. Maar Kuiper was toen al een stille vent. Hij stotterde soms en dus uitte hij zich niet al te gemakkelijk in gezelschap. Hij zweeg liever.

Geel? Hij?

Berustend: 'Nee, ik ben er wel heel erg dichtbij geweest. Een paar keer zelfs. Tot op een paar seconden zelfs, maar nee, nooit echt geel.'

Ik zeg: 'Dat raakt je nog steeds?' maar hij hoort het niet. Hij is aan het graven geslagen in zijn geheugen en geeft me een lesje wielergeschiedenis.

'In 1975 kwam ik er voor het eerst kijken. Ik reed voor Frisol, weet je dat nog? Ik was al een paar jaar prof, maar had alleen de Giro gedaan bij de Duitse ploegen waar ik voor reed. Jean Nelissen heeft weleens gesteld dat ik twee belangrijke jaren van mijn loopbaan heb weggegooid. Dat me dat misschien wel geel en uiteindelijk de eindoverwinning in de Tour heeft gescheeld. Goed, in die eerste Tour was ik te groen en speelde nergens mee. Ik denk dat ik elfde werd [ik zoek het op: klopt, elfde, op meer dan veertig minuten achterstand op winnaar Bernard Thévenet – M.S.]. We wonnen toen met Theo Smit twee etappes, dus de sfeer in de ploeg was goed.

Een jaar later reed ik voor Peter Post, dat was wel iets anders. Nee, het was nog geen grote Post-ploeg, hij was pas aan het bouwen geslagen. We hadden wel goede coureurs, maar nog geen hechte ploeg. Ik won in Bornem, in België, en stond vrij kort. Op weg naar Alpe d'Huez had ik kans op de gele trui. Je weet dat de Tour van '76 die van Freddy Maertens was. Die won waar hij wilde; als hij voluit sprintte kwam er niemand in zijn wiel. Maar op weg naar Alpe d'Huez was hij gezien. Baronchelli demarreerde als eerste en brak de wedstrijd open. Maertens, die in het geel reed, kwam nog een keer terug en daar heb ik toen veel te voorzichtig gereden. Joop won de etappe, Van Impe kreeg het geel en ik kwam samen met Freddy binnen. Als ik daar attenter was geweest, had ik...'

Als...

Kuiper: 'Ja, ik had die dag goede benen, maar reed veel te ingehouden. Ik had met Joop en Van Impe meegekund, maar dorst het toen niet aan. Ik ben later die Tour uitgevallen... hard gevallen in de Pyreneeën, op de huwelijksdag van mijn ouders, dat vergeet ik nooit. Ik wilde nog iets moois voor ze doen...

In 1977 ben ik tot op acht seconden van de gele trui gekomen. Dichterbij kon niet, maar ik verloor de laatste tijdrit in Dijon van Thévenet en dat was het dan. Ja, acht seconden, dat was alles. Ach, weet je, er is al zo vaak tegen me gezegd dat ik daar de pech had dat Thurau de trui zo lang aanhad... en misschien is dat ook wel waar, want ik mocht van Post niets doen, ook niet toen duidelijk werd dat Thurau in het hooggebergte niet meer meekon. Ik denk daar nog weleens aan terug, maar ach, je kunt de geschiedenis toch niet herschrijven.

Ik heb op Alpe d'Huez een fout gemaakt. Ik reed sterk die dag en hoorde dat ik onder de vlag voor de laatste kilometer de trui te pakken had. Het hele veld lag uit elkaar, Eddy Merckx was ver weggeslagen, Joop was nergens te zien en ik reed alleen naar boven. Omdat ik zo blij was met mijn zege, ben ik rechtop gaan zitten en heb ik op dat moment niet aan de trui gedacht... ja, dat was het. Ik had daar toen geel kunnen pakken, maar ik vierde mijn etappeoverwinning, ik genoot van het succes van de dag, echt waar. Na al die jaren weet ik geen andere verklaring. Ik was gewoon zo onvoorstelbaar blij met die etappezege. Wat een etappe was dat trouwens... je weet toch nog wel dat er een heel pak uit de strijd genomen werd, wel dertig man... zo hard hebben we toen gereden. Ach...!'

Zijn 'ach' klinkt als levertraan. Je weet dat het ergens goed voor is, maar smaken doet het niet.

'Misschien had ik een jaar later ook wel de trui moeten pakken. Maar toen lag ik plotseling op de grond en had ik mijn sleutelbeen gebroken. Het was de dag nadat de premier ineens in het peloton kwam, dat vond ik heel bijzonder... mijnheer Van Agt in de Tour. Ja, ik reed goed die dagen. Ik had Hinault een dag eerder gelost en heb toen een moment van twijfel gehad. Pollentier reed langzaam weg en ik bleef zitten. Dat was de tweede maal in mijn leven dat ik geel had kunnen pakken en door te voorzichtig te rijden... ach wat. Een dag later belandde ik in het ziekenhuis. Sleutelbeen gebroken. Einde Tour. Ik moet wel eerlijk zeggen dat 1978 waarschijnlijk mijn beste jaar was, ik klom toen makkelijk en was heel gezond.

Een jaar later heb ik nog eens virtueel in het geel gereden. Het was op weg naar Metz... heel slecht weer in de ochtend. Joop reed in het geel en ik had een flinke achterstand in het klassement, maar was gewoon weggereden, zonder bijbedoeling. Het was meer een test, ik wilde zien hoe ze reageerden. Ik had op een gegeven moment negen minuten op de groep, maar die zijn toen snel gaan rijden. Ik werd vierde in Parijs en kwam nooit in de buurt van de trui. Nooit.

Misschien heb ik kleine kansjes laten liggen in 1980, maar Joop was te sterk. Ik heb wat pech gehad in het begin. We experimenteerden bij Peugeot met lichte banden en ik ben in één etappe vier maal lek gereden... Ik kwam niet dichter bij Joop, hij liep bij me weg, terwijl hij het toch niet makkelijk had. Ik kon dat jaar niet beter.

Ik denk dat ik toen misschien wel meer klassiekerrenner werd. In '81 had ik de Ronde van Vlaanderen gewonnen en kreeg ik in de Tour in een bergetappe in de Vogezen al bijna een halfuur aan mijn broek. Dat zei me toen veel. Ik weet nog dat ik in die bewuste etappe nog naar boven reed toen de wielersupporters alweer naar beneden kwamen, van de col af dus. Dat is een beeld dat me bijgebleven is. Nee, ik ben nooit meer in de buurt van de gele trui gekomen. Ik werd dertigste of zo, op bijna een uur in Parijs. Vernederend? Nee, de waarheid. Bij DAF reed ik nog een keer negende, maar dat was niet meer dan behoorlijk meerijden. Ik was geen ronderenner meer, moet ik eerlijk zeggen.

Het was ooit mijn droom om die trui mee naar huis te nemen... Bij ons thuis werd er, toen ik jong was, naar de radio geluisterd en dan vertelde Jan Cottaar over de etappe van de dag en dan had hij het over de leider met de gele trui om de schouders en die woorden zijn me altijd bijgebleven. Dat wilde ik ook. Een renner in de gele trui, dat was pas een echte renner.'

En in de andere rondes?

Kuiper: 'In de Giro kwam ik om te leren en de Vuelta heb ik zelfs in de leiderstrui verloren... ja, zo was het ook. Schrijf op: Pessarodonna... die won en ik dus niet. Maar ik heb die trui daar wel gedragen, dat is tenminste nog iets. Ik heb die ronde drie maal gereden. Vierde, vijfde en zesde... je mag dus zeggen dat ik meespeelde. Ach, het zijn allemaal slechts herinneringen. En o ja, ik heb de Ronde van Zwitserland gewonnen. Dat telt toch ook.'

Zijn laatste toevoeging klinkt bijna als verontschuldiging.

Ja, dat telt ook. Plus al die andere zeges.

Zegt hij tot slot: 'Ik weet nog dat er eens een etappe was waarin een jongen uit Nijverdal aan de leiding kwam. Kom, hoe heet hij ook weer? Als ze toen niet ineens waren gaan rijden had hij de trui gepakt, dat was een geweldige verrassing geweest. Dan had iedereen zich die jongen nog herinnerd... Nu verliep de finale van die dag net iets anders en kreeg volgens mij Alex Stieda de trui. Maar stel nou eens dat die PDM-renner die gele trui gepakt had. Dan had ik zijn naam nu zeker geweten.'

Ik zeg, met enige aarzeling: 'Boeve... Henk Boeve?'

Kuiper: 'Precies, die was het! Hij kon best hardrijden. Hij was er bijna, maar net niet. Hij is een onbekende Tourrenner gebleven. Dat bedoel ik dus maar.'

Geel of roze?

Ik heb Fausto Coppi nooit gekend.

Soms, als ik iets over hem lees, denk ik hem ooit ontmoet of gezien te hebben. Mijn vader nam me als jongen mee naar wielerwedstrijden en ik gaf ooit Gerrit Schulte en Hugo Koblet een hand. Waarom Fausto dan niet?

In mijn verzameling 'nooit weg te gooien bladen' bevindt zich een Frans magazine waarvan de coverfoto zo oogverblindend mooi is, dat ik daardoor misschien weleens denk dat ik Coppi, waar dan ook, hoe dan ook, ergens heb meegemaakt.

Nee, ik heb niet aan de stoffige weg gestaan toen hij, als eerste in de geschiedenis, de etappe naar Alpe d'Huez won. De foto is van die beklimming en toont me een slanke man die sneller rijdt dan zijn schaduw. De Italiaanse coureur staat op de trappers, heeft de gehandschoende handen aan de bovenkant van de beugels en draagt, geheel zoals het hoort, een reserveband in krakelingvorm rond de schouders. Om zijn linkerpols draagt hij een bescheiden horloge met donkere band. Op zijn hoofd zit een strakke, lichtgekleurde pet. Omdat het een zwart-witfoto is kun je de kleuren van het shirt niet zien. Een smalle band met de tekst BIANCHI op de borst is nog net zichtbaar; het wielershirt heeft een jubelend grote boord.

De uitdrukking op het gezicht van Fausto is die van een mens die weet wat hij doet. Hij kijkt schuin vooruit, ik vermoed richting finish. Achter hem rijden twee motoren met volgers, maar eigenlijk zijn die niet belangrijk. Het gaat om de omgeving van de berg – wild, een lemen weg met losliggende steentjes –, het gaat om de schaduw, om de man en zijn fiets, om de mooi gevormde bidon in de houder. Het is de bijna perfecte foto van een klimmende wielrenner. De twee motoren achter Coppi verminken zelfs de maagdelijkheid van het moment.

Coppi moet een onbegrepen man geweest zijn. Wielrennen zag hij als een perfecte uitlaatklep voor zijn bestaan. Op de fiets voelde hij zich vrij en opgetogen, meldde hij in 1952, toen hem gevraagd werd waarom hij eigenlijk nog steeds aan wedstrijdsport deed: 'Weet u dat bij ons in Italië ooit een renner was die Girardengo heette en die tot zijn 42ste jaar moeiteloos in de Giro meereed? Dat wil ik ook kunnen.'

Coppi stapte drie maal op in de Franse ronde. Zijn eerste Tour in 1949 won hij, in 1951 had hij veel pech en werd tiende, maar in 1952 revancheerde hij zich en eindigde opnieuw in het geel.

Zijn twee Tourzeges zijn nooit volledig in onze taal uitgelicht. Bij Coppi ging het, zeker na zijn plotselinge dood in 1960 als gevolg van een verkeerd gediagnosticeerde malaria, altijd over zijn geweldig ingewikkelde privéleven, zijn strijd met de (katholieke) kerk en zijn onvoorwaardelijke geloof in de eigenwaarde van het individu. Zelfs in de benarde situatie waarin het hypocriete deel van Italië over hem heen viel en blind de kant van zijn aartsrivaal Gino Bartali koos, bleef Coppi sterk en vertrouwde hij op zijn weinige vrienden, zijn ploeggenoten en de mensen die wél doorhadden hoe oprecht bestaan eruitzag.

Al die zaken heb ik gelezen en herlezen, in diverse talen, door vele schrijvers die allen verstrikt raakten in de weefsels van Coppi's machtige bestaan: een kampioen die nagewezen werd omdat hij zijn hart volgde. Een winnaar die verloor omdat de wurgende wetten van de aartsconservatieve kerk hem tot boeman maakten.

Over die aspecten las ik veel, maar ik kwam maar heel

weinig tegen over 's mans presteren in La Grande Boucle. Twee Tourzeges, negen etappeoverwinningen, negentien dagen in de gele trui. Bij zijn laatste zege, in 1952, had hij bijna een halfuur voorsprong op de nummer twee van het klassement, de Belg Stan Ockers.

Ik kwam een oud verhaal tegen van de Fransman Abel Michea, een Tourvolger die rond de jaren zestig van de vorige eeuw prachtige stukken over de koers schreef. Hij vertelt over Coppi in de Tour van 1951, zijn pechjaar. De Tour kwam aan in Montpellier, waar de hoogpolige Zwitser Hugo Koblet in het geel de etappe won.

Bij de wachtenden op de achterliggende renners sloeg ineens de schrik om het lijf; het had er alle schijn van dat Fausto Coppi, de Italiaanse held, buiten de tijd zou binnenkomen.

De juryleden bleven op hun plaats en moesten meer dan een halfuur wachten op een vrij grote groep die langzaam binnenreed. Vergezeld van zijn trouwe helpers Pezzi, Milano, Biagioni, Salimbeni, Carrea en Franchi passeerde Coppi met een achterstand van 33 minuten en 33 seconden de streep. Hij oogde doodziek en zei tegen niemand iets. Men sloeg dekens om hem heen en voerde hem weg.

In zijn hotel zeiden de Italianen om hem heen dat hij de strijd moest staken; hij was te ziek om te koersen, hij had koorts en met de achterstand van deze dag was zijn klassement geheel verpest. Koblet kon hij nooit meer inhalen, er wachtte hem slechts teleurstelling, misschien zelfs een totale afgang.

Coppi hoorde de woorden aan en zei door te zullen rijden. In de volgende twee etappes kreeg hij nog eens tien minuten aan zijn broek. Maar toen stond de etappe tussen Gap en Briançon op het programma. Coppi was als uit de dood herrezen. Het was de twintigste etappe, en er zijn nog altijd mensen die spreken van de leeuwenmoed die de Italiaan toonde.

Met zijn spitse, wit weggetrokken smoeltje zette hij vroeg en solo de aanval in. Hij vloog over de Col de Vars, hij merkte de oplopende weg van de Izoard niet eens. Het was zijn enig mogelijke antwoord op de vraag of hij deze ronde niet eerder had moeten verlaten.

Geheel alleen fietste hij die dag en vermorzelde alles en iedereen. Het ging niet om de trui, noch om het klassement. Het ging Fausto Coppi die dag alleen maar om eer. Ja, hij was ziek geweest, maar grote winnaars stappen niet af, had hij gezegd.

Met zijn laatste krachten zette hij een kathedraal van een etappe neer. Ver voor alle grote renners eindigde hij met een dunne glimlach om de lippen.

Koblet kreeg vier minuten aan zijn been, Bartali leverde meer dan zeven minuten in, Ockers bijna tien minuten en alle andere renners (er was toen al geen Nederlandse coureur meer in de strijd) liepen heel veel meer achterstand op.

In het rennershotel, vlak bij de Italiaanse grens, liet Coppi die avond Italiaanse wijn uitschenken bij zijn ploeggenoten. Hij dankte ze voor de steun die ze hem gegeven hadden op weg naar Montpellier. Hij had niet alleen zijn eigen eer gered met deze onwaarschijnlijke krachtsexplosie, maar ook de inzet van zijn knechten beloond.

Volgens tijdgenoten van Coppi was dit de man ten voeten uit: groots in tijden van winst, kwetsbaar maar toch ook moedig en reëel als er verloren werd. Coppi, zo vertelde hijzelf weleens, beschouwde zijn tiende plaats in 1951 niet als een dodelijk verlies. Het was voor hem de Tour waarin alles tegenzat.

Terug naar Abel Michea. Hij schreef in *l'Humanité* dat er één dag was die Coppi zelf tot een van zijn grootste dagen in het Tourpeloton heeft gebrandmerkt. Coppi heeft ooit op een hotelkamer, na een Italiaanse herfstkoers, zijn gehoor verteld van de dag dat hij knecht was geworden. Zijn gezelschap luisterde met open mond naar zijn anekdote uit de Tour van 1952. Het speelde rond de etappe Mulhouse-Lausanne. Het was een warme dag. Coppi's landgenoot, de schijnbaar boerse Fiorenzo Magni, reed in het geel.

Gedurende de etappe ontrolde zich echter een scenario dat noch Coppi noch de geletruidrager van het moment ooit had kunnen bedenken. Door aanvallend werk van onbekende renners ontstond ineens de situatie dat de knecht van Coppi, de door de kopman zeer geliefde Andrea Carrea, in de gele trui kon komen te rijden. In het moderne wielrennen zou dat bijna ondenkbaar zijn, maar Coppi bleek deze gang van zaken zeer toe te juichen en als een volleerd knecht schermde hij de vlucht van een kleine groep richting Lausanne af. Omstanders en insiders keken hun ogen uit: hier reed een van de beroemdste wielrenners aller tijden als knecht in een ronde die hij geacht werd te winnen.

In Lausanne won de Zwitser Walter Diggelmann de etappe, voor de Italiaan Jacques Marinelli en onze landgenoten Jan Nolten en Thijs Roks; Carrea kreeg de gele trui om de schouders. De grote Magni moest de trui afstaan aan een knecht, een boerenzoon die altijd in dienst reed van de ster Fausto Coppi. Hoe kon dat? En waarom liet Coppi dit toe?

Coppi kwam binnen in een grote groep op ruim negen minuten van de winnaar en hij had, zo zeggen de verslagen van die dag, geen trap te veel gedaan en de vlucht van het kleine groepje waarin zijn knecht min of meer toevallig terechtgekomen was, geheel beschermd. Geen tegenaanval kon vanuit het peloton vertrekken, Coppi counterde alles.

Fausto stond die avond vierde in het algemeen klassement, op ruim vijf minuten van Carrea en aan tafel kreeg de geletruidrager alle bij die trui behorende eer. Er kwam champagne op tafel, er werd gelachen en gedronken en Carrea bleef de hele avond het stralende middelpunt van de Italiaanse feestvreugde.

Coppi, altijd al een renner die om zijn knechten, zijn waterdragers, zijn 'gregorio' had gegeven, betaalde de drank en verliet iets voor de andere renners de eetzaal van het hotel.

Pas heel veel later kwam uit dat Fausto, in al zijn grootheid, maar tevens in het bezit van al zijn verstandelijke vermogens en zeker niet dronken of anderszins 'touché', naar de kamer van zijn knecht was gegaan en daar gedaan had wat Carrea altijd voor hem had gedaan: de schoenen poetsen. Hij was oprecht blij dat zijn trouwe vazal de hoofdprijs won en dus wilde hij op deze manier de dag in stijl eindigen.

Het verhaal werd uiteindelijk niet verteld door Fausto, want die was al dood, maar door een bijna beschaamde Carrea, die zichzelf te licht vond dit grote geheim voor eeuwig bij zich te dragen. Hij moest het kwijt en zo geschiedde.

Coppi heeft altijd met plezier verteld over zijn blijdschap van die dag. Meer eigenlijk dan over zijn eigen gele truien in de ronde. Die pasten wel bij hem, want hij was groots in die dagen. Toch zei hij ooit dat roze hem beter afkleedde en ik begrijp die opmerking.

In 1952 won Coppi zowel de definitieve roze trui in de Giro als de gele trui in Parijs. Veertien dagen na de finish van de Tour reed hij een goedbetaald criterium in Perpignan. Hij startte op verzoek van de organisatie van de koers in de gele trui. Coppi, die te vaak viel en te vaak dingen in zijn lijf scheurde of brak, viel ook hier en bleef enige tijd op de grond liggen. Daar zat hij ten slotte op het hete asfalt, een aantal Franse toeschouwers rond hem. Voorzichtig greep hij naar zijn schouder. Voor de vierde maal was zijn sleutelbeen gebroken.

Later zou blijken dat dit het begin van het einde was. De man die soeverein, zonder een moment van zwakte, twee weken in het geel door Frankrijk had gereden, werd kwetsbaar. Hij raakte, zoals de Vlamingen dat weleens zeggen, 'op de sukkel' en kwam niet snel meer uit die spiraal. Hij liep tyfus op, brak een arm, brak zijn hand en winnen werd moeilijker voor hem.

In de Tour kwam hij na 1952 nooit meer terug. Hoewel het Franse publiek hem op handen droeg, bleef hij in eigen land een opgejaagde Italiaan. Hij was 32 jaar oud toen hij zijn tweede Ronde van Frankrijk won. Vijf maal was hij de beste in de Giro, maar hij zou de roze ronde nooit als 42-jarige rijden. Op 2 januari 1960 overleed hij, veertig jaar oud slechts. Een malaria-aanval, opgedaan bij een 'voor de lol'-koersje in Opper-Volta, brak hem definitief.

Onbekend geel

Dit is een moeilijke opgave: noem de onbekendste geletruidrager van de (moderne) geschiedenis. Neem de lijst erbij en concludeer: Alex Stieda, een Canadees.

Niemand had ooit van hem gehoord voor zijn deelname aan de Tour van 1986 en niemand hoorde daarna nog wat van hem. En toch zien we hem tegenwoordig terug in de ronde. Meer daarover later.

Stieda was Canadees achtervolgingskampioen toen hem gevraagd werd ook op de weg te gaan rijden. Net zoals bij zijn landgenoot Steve Bauer (beiden komen uit Ontario) lag zijn hart primair bij ijshockey, de Canadese nationale sport.

Fietsen deed hij voor de lol, meer niet. Hij verhuisde naar Vancouver en bleef lekker fietsen. In 1982 probeerde hij zijn geluk in de profrangen. Hij won in 1985 zomaar Parijs-Rouen en de eerste etappe van de Coors Classic. In de sprint versloeg hij Greg LeMond.

Een jaar later werd hij opgenomen in de Tourploeg van 7-Eleven-Hoonved. Tijdens Luik-Bastenaken-Luik maakte Stieda al eerder naam door af te stappen nadat zijn ploeggenoot Davis Phinney door de achterruit van een auto was gevlogen. Stieda toonde zijn vriendschap door zijn fiets met de ploegleiderswagen mee te geven. Hij stapte in koerskleding bij de hevig bloedende Phinney in de ambulance en begeleidde hem naar het ziekenhuis.

De ronde van 1986 dus. Stieda reed een zeer acceptabele proloog, twaalf seconden achter winnaar Thierry Marie (in dezelfde tijd als zijn ploeggenoot, oud-schaatser Eric Heiden), en kwam in de schermutselingen van de finale van de eerste, korte etappe tussen Nanterre en Sceaux goed uit. Zonder het zelf te weten overigens. Hij wist dat er in ieder geval twee renners vooruit waren en reageerde op een driftige uitval van de Belg Pol Verschuere.

In de boeken is te lezen dat die twee ontsnapte renners de Waal Michel Dernies en Gerrit Solleveld waren.

Solleveld gevraagd hoe dat zat. Het was alsof er rook uit de telefoon kwam.

De Sol: 'Godver, begin me er niet over. Ik heb daar de kans laten liggen om de trui te pakken. Werkelijk verschrikkelijk stom. Ik had een goede proloog gereden, tenminste voor mijn doen, en ik reed weg met die Dernies. Ik wist dat ik iets hoger stond dan hij. We pakten een minuut in die finale en ik wist dat ik geel zou krijgen. Begon hij toch te klooien! Niet overpakken, inhouden, lullig rijden dus. In plaats van dat ik gewoon doorfietste, liet ik me opnaaien door die klootzak. Ik schreeuwde nog tegen hem: "Verdomme, doorrijden man," maar hij deed alsof hij me niet verstond. Vlak voor de finish vloog Polleke Verschuere nog over ons heen. Ik had onwaarschijnlijk de pest in. De trui lag voor me klaar, maar die klote Dernies verpestte alles. Weet je wie toen die trui kreeg? Een of andere Canadees van wie nog nooit iemand had gehoord. Die zat vlak achter ons, met Phil Anderson geloof ik. Hier wil ik niet meer aan herinnerd worden. Wat was ik toen stom!'

Stieda heeft dat nooit geweten. De Canadees uit Vancouver werd naar voren gehaald en zag tot zijn verbazing de gele trui. In *l'Équipe* werd hij een 'mooie, onbekende jongen' genoemd.

De volgende dag moest hij de trui afstaan aan Marie. Hij reed de ronde wel uit. Hij werd 120ste, op 2.10.47 van winnaar LeMond.

Alex Stieda zit nog steeds in het wielrennen. Vanuit Vancouver leidt hij een organisatie die serieuze fietstrips over de hele wereld organiseert. Dat kan zijn in Zuid-Afrika, Spanje, gedurende de Tour de France of op Mallorca, tijdens de Vuelta of in Toscane. Het is voor mensen die geriefelijk willen slapen en eten, maar die wel goed willen rijden en de sfeer van de 'echte koers' mee willen krijgen.

Voor mensen die er meer van willen weten: vul bij Google in: Alex Stieda Cycling Experience. Je komt dan een homepage tegen met een renner in het geel gekleed: Stieda zelf. Geel werkt nog steeds voor hem.

Hij heeft nog altijd contact met zijn vriend van toen, Phinney. Zo close zelfs dat hij meewerkt aan een project dat te maken heeft met de ziekte die Phinney al relatief jong opdeed: de ziekte van Parkinson. De Amerikaan probeert, zolang zijn lichaam dat nog toestaat, geld in te zamelen voor mensen die ook aan die ziekte lijden. De meest onbekende geletruidrager ooit blijkt zich geweldig in te zetten voor deze stichting (meer informatie op www.davisphinneyfoundation.com).

Twee seconden van het geel verwijderd

Ze vroegen Frans Maassen laatst wat hij belangrijker vond voor een coureur: een etappewinst in de Tour of winst in een klassieker. Maassen koos voor het tweede, maar zette er direct een accolade bij: 'Wel een grote klassieker, eentje van naam.'

De Limburger zat aan een tafeltje met uitsluitend coureurs die een Touretappe hadden gewonnen – het kon geen toeval zijn: Hennie Kuiper, Adri van der Poel en Maarten Ducrot. Het was zaterdagmiddag en er werd over de koers gepraat. Tegen honderd in het uur, met mooie anekdotes, elkaar de loef afsteken als het ging om 'wie won waar en hoe verliep de sprint?' Oud-coureurs hebben héél veel te vertellen.

Overigens, je moet nooit met Van der Poel in de slag gaan over triviale uitslagen, merkwaardige plaatsen waar gedemarreerd is of andere wieleridioterie. Pas op, Van der Poel weet hoe laat het was, hoe de zon stond, wie er rechts van de weg reed toen hij wegsnokte uit een klein groepje in de zevende etappe van de Ronde van Zwitserland in dat en dat jaar. Met kirrend plezier kan hij die faits divers voor je neerleggen; bijna schaamteloos degradeert hij je dan tot volger-op-grote-afstand van de wielersport. Met verontwaardiging in zijn hoge stem kan hij te midden van zo'n clubje oud-coureurs ineens zeggen: 'Ben je gek, die Italiaan, die Conti, die hadden we toen net teruggepakt en de straat liep langzaam op en toen ben jij uit het vierde wiel gedemarreerd, niet toch? En toen is die Zwitser, die Ackermann, nog even achter je aan geweest.'

Stilte, maar ook bewondering is dan vaak zijn deel. De anderen weten ook veel, maar herinneren zich niet álles meer.

Op deze middag gingen de verhalen over het behalen van zeges in de Tour. Maassen vergeleek de Tour met klassiekers. Ducrot kon daar niet van meepraten: 'Ik heb nooit een klassieker gewonnen, jullie wel.' Maassen memoreerde zijn zondagochtendwinst in de Tour van 1990. Wat was die nou precies waard? Een halve etappe, niet eens op de televisie... Met vereende krachten werd die ochtend en vooral de nasleep van die schijnbaar kleine zege nog eens gereconstrueerd.

Eerst de feiten. De Ronde van 1990 begon in Futuroscope, dat futuristische pretpark waar de Tour een aantal dagen verbleef. Thierry Marie won de proloog voor LeMond en Alcala. Op zondagochtend lag er een bochtig circuit klaar voor de renners. Het was deel één van een dubbelslag die in de middag gevolgd zou worden door een ploegentijdrit van 44,5 kilometer.

De ochtendetappe kwam nergens live op de televisie. Er zou alleen een korte samenvatting van gegeven worden, voor de start van de uitzending van de ploegentijdrit. Toen de televisiemedewerkers op hun post kwamen, was de etappe al verreden. Vele volgers hadden de ochtendetappe, lang 138,5 kilometer, laten schieten. Menigeen kreeg de uitslag door op de perstribune.

Toch zal dat korte ritje de herinneringen van Maassen nog lang, zo niet altijd, blijven beheersen. Hij, Frans Maassen, een bovengemiddelde coureur uit Noord-Limburg, een uitstekende klassiekerrenner, zou hier immers onverwacht de basis leggen voor een aantal dagen gele trui.

Vier renners reden weg: Maassen, gevolgd door de vierkante Steve Bauer, de Canadees van de 7-Eleven-ploeg, Ronan Pensec van 'Z' en de soms doldrieste Italiaan Claudio Chiappucci van Carrera, een man die eigenlijk als knecht te boek stond maar die de vlucht van die ochtend ook aangreep voor een geheel andere wending in zijn professionele carrière. Het jaar ervoor was hij nog 81ste in de ronde geworden, maar hij was toe aan groter werk.

Maassen: 'We zijn weggereden en na enige tijd werd duidelijk dat ze ons lieten gaan. We pakten wel tien minuten. Ik wist dat ik een behoorlijke kans had de etappe te winnen omdat ik toch wel rap was, maar tegelijkertijd drong het tot me door dat ik dan die avond weleens in het geel kon staan, want de ploeg van Raas zou de tijdrit van die middag kunnen winnen.'

Het werd een sprint *à quatre* en Maassen haalde het. Niet makkelijk, maar wel overtuigend. Hij was al een heel bekende coureur in het profpeloton en nu ineens had hij ook zijn etappezege in de Tour te pakken. Met kans dus op veel meer.

Maassen: 'We moesten na de etappe uitrusten – ik geloof zelfs dat er van die britsen voor ons klaarstonden – voordat we de tijdrit konden rijden. Ik had een heel apart gevoel, want natuurlijk geeft zo'n etappezege vroeg in de ronde je moraal. Ik had het klassement gezien, Bauer had de trui doordat hij even sneller was geweest dan ik in de proloog, maar onze ploeg was zeker sterker, daar twijfelde helemaal niemand aan. Bij de lunch hadden we het daar nog over. Ik stond op twee seconden van de gele trui. Dat moest recht te zetten zijn, wij hadden immers veel betere renners dan die cowboys van 7-Eleven.'

Voor diegenen die de vergelijking willen maken: 7-Eleven reed met Hampsten, Alvis, Bauer, Bishop, Kiefel, Lauritzen, Phinney, Roll en Yates, en Buckler deed het met Van Hooydonck, De Vries, Maassen, Nijdam, Poels, Solleveld, Tolhoek, Vanderaerden en Winnen.

Volgens de normale wielerwetten was dat kat in het bakkie, maar als zo vaak gebeurde er iets aparts.

Op de middag voor de proloog was Peter Winnen, de misschien-wel-kopman van Buckler, aangereden door een auto van de NOS-radio. Winnen was onderuitgeschoven en leek goed getoucheerd. In de veilige boezem van het peloton had hij de ochtendetappe volbracht. Hij was stijf, had pijn en kon niet soepel zijn versnellingen rond krijgen. Kortom: de Buckler-ploeg had een probleem.

Maassen wist dat voor de start nauwelijks, maar op het moment dat de ploeg zich in gang trok voor de tijdrit, werd hem dat al snel duidelijk. Winnen was de zwakste van de ploeg, kon sowieso niet overnemen en reed eigenlijk als dood object achterin mee.

Maassen: 'De opdracht uit de wagen van Raas was toen "zo rijden dat hij niet hoeft te lossen" en dat gebeurde ook. Ja, natuurlijk kreeg ik de pest in, want daar ging mijn kans. Echt, in normale doen hadden we daar veel beter en sneller gereden, maar dat kon dus niet. Als je het precies wilt weten, moet je de Sol maar bellen.'

'Hallo, met Gerrit!'

Sommigen hebben eigenlijk geen telefoon nodig. Sol is er zo een: zet daar in De Lier het raam open en je kunt hem verstaan.

Feit is wel dat hij alles nog weet van die middag: 'Het was rot voor Frans, maar we moesten eerst op Winnen wachten en toen die er een beetje doorheen kwam, ging Tolhoek naar de kloten en moesten we daar weer op wachten. Nee, we hebben geen enkele keer volle bak doorgetrokken, terwijl we er echt klaar voor zaten. Bij ons gunde iedereen Frans die gele trui, maar Raas' woord was wet en die Kale zei "wachten" en dus hebben we gewacht. Jammer voor Frans, we hebben het er in die Tour nog vaak over gehad.'

De Buckler-ploeg verloor acht seconden op 7-Eleven en ook de ploegen van Panasonic (winnaar), PDM (op 7 seconden) en Once (op 22 seconden) gingen in het dagklassement nog voor.

De eindafrekening die middag leverde weer de gele trui op voor Bauer en Maassen stond nu tweede in het algemeen klassement met een achterstand van tien tellen op de Canadees. Hij zou nooit meer dichterbij komen.

Bauer gevraagd of hij nog wist hoe het die dagen toegegaan was. De Canadees: 'Ja, ik was verbaasd dat ik die middag nog steeds geel had, want die Hollanders waren beter dan het ploegje dat wij hadden. Wat? Moesten zij wachten? Op wie dan? Winnen en Tol... wie, die laatste ken ik niet. Wat had Winnen dan?'

Ik leg de situatie snel uit. Bauer: 'Dan heb ik daar geluk gehad, want ik heb die trui toen een dag of zeven gedragen. Pas in de Alpen moest ik eruit... ik was toen wel helemaal op, weet ik nog. Niets is zwaarder dan in de Tour een week lang de gele trui dragen. Ik kan je dat nauwelijks uitleggen. Maar oké, zaken gaan zoals ze gaan. Ik heb dit nooit geweten, bedankt.'

Terug naar de borreltafel van de zaterdagmiddag. Maassen heeft zijn verhaal gedaan, de anderen hebben zitten luisteren. Van der Poel zegt nog: 'Hadden jullie er aan het eind van die tijdrit dan geen flinke snok aan kunnen geven? Dan verlies je die mannen maar, maar de trui laat je toch niet lopen!'

Kuiper en Ducrot knikken, totdat eerstgenoemde stelt: 'Maar de wetten van Raas telden en dan weet je wat je moet doen.'

Maassen haalt zijn schouders op: 'Doodzonde eigenlijk... ja, ik heb er nog genoeg over zitten nadenken. Mijn loopbaan was toch anders geweest als niet Bauer, maar ik daar een volle week in het geel had gereden. Zo werd het me altijd voorgehouden en daar ben ik ook wel in gaan geloven. Hoewel je natuurlijk nooit weet hoe de koers verlopen was met mij in de gele trui.'

Dat laatste klinkt cryptisch, maar is waar. De oorlogen tussen de bastions van Post en Raas speelden in die dagen ook nog steeds. Waren de mannen van Post niet als gekken gaan koersen met een Buckler in de leiderstrui? Dat is wel aannemelijk.

Nog steeds aan de borreltafel vraag ik Maassen: 'Heb je niet voor bonificatieseconden gereden in de volgende dagen?' Maassen reageert gebeten: 'Wat dacht jij dan?! Maar die sprints waren een koers in een koers geworden. Het ging er zo vreselijk wild aan toe.'

Solleveld dus maar. Met klare stem: 'Ja, natuurlijk draaiden wij ons kloten af voor Maassen, maar wat dacht je dat die mannen van Post deden? Het was oorlog voor die tussensprints. Zij zorgden er wel voor dat Frans geen seconde kon oprapen... ja, zo ging het echt hoor. Er werd bij die bonificatiesprints volle bak gereden, arm aan arm. Het was echt oorlog, wij tegen hullie, zoals het toen vaak ging.'

Dus?

Maassen: 'Op een gegeven moment heb ik het opgegeven. Ik was er zo dichtbij, maar ik kon nergens nog wat oppikken. Na een paar dagen heb ik die trui uit mijn hoofd gezet. Het was frustrerend. Later kreeg Pensec nog geel, daarna Chiappucci... ik ben dus de enige van dat kwartet die de trui niet gedragen heeft. Win verdomme wel de etappe en...'

De anderen zwijgen in begrijpelijke taal. 'Stalorders,' zegt Kuiper. 'Je kent Raas,' voegt Ducrot bedachtzaam toe. 'Ik was doorgereden in die tijdrit,' zegt Van der Poel, 'ze hadden mijn kloten kunnen kussen.'

Maassen zegt niets. Hij denkt na en schudt het wijze hoofd.

Twee seconden van geel verwijderd. Twee luizige tikken van de klok. Tik, tik, meer niet. Maar het heeft niet zo mogen zijn.

'Ach mannen, het is bijna zestien jaar geleden,' zegt Maassen en hij probeert een andere wending aan het gesprek te geven.

'Maar we weten het allemaal nog,' zegt Van der Poel scherp. Er valt een prettige stilte.

Overmorgen in het geel

Begin jaren tachtig was er geen betere verteller van prachtige Tourverhalen dan de Fransman Raphaël Geminiani. Hij was oud-renner, oud-ploegleider, eersteklas innemer en levensgenieter en had duizenden verhalen voorradig.

Ooit maakte ik hem mee tijdens een receptie, ergens midden in het land. Een nieuwe sponsor deed zijn intrede in de Tour en waar de glazen gevuld stonden en waar mensen samenkwamen, stond 'Gem' vaak centraal. Ik dacht weleens dat hij de Tour alleen maar volgde als 'verteller', maar hij deed er ook altijd wel iets officieels bij, en was bijvoorbeeld analist voor een klein radiostation.

Zijn bijnaam was en bleef in die dagen 'Le Grand Fusil' en daar hoorde steevast een knipoog bij. Het grote geweer sloeg immers op 's mans geweldige reukorgaan, nietwaar? Veelbetekenend kon Gem dan ook zijn broek wat strakker trekken en omstanders verbazen. '*Le Grand Fusil, hein.*'

Hij vertelde die middag werkelijk ontroerend over Roger Rivière, de tijdrijder die ooit op het punt stond de ronde te gaan winnen. Hij sprak met luide, rokerige, rasperige stem, met veel gevoel voor drama en humor, en begeleid door brede armgebaren.

Wat wist ik toen van Rivière? Ja, wat ik uit de boeken had geleerd: een fenomenale tijdrijder die stil op de fiets zat en die in staat was Anquetil in de tijdrit te kloppen. Ik wist van zijn val, van zijn verwoeste leven, zijn verslaving en zijn vroege dood. Dat waren de feiten: een geweldig talent dat viel en nooit meer kon fietsen en in zijn volgend leven totaal naar de knoppen ging.

Gem gaf de invulling. Hij vertelde over zijn zachtaardige karakter als hij met rust gelaten werd, over zijn manier van leven, over zijn dromen.

Rivière was als twintigjarige al een fenomeen zonder dat hij daarmee te koop liep. De vergelijking met tijdrijders als Coppi en Anquetil kon hij moeiteloos doorstaan; hij was al beter. Ze zeiden dat hij gemaakt was voor de piste, want niemand zat mooier op de fiets dan hij. Het lijf doodstil en gestroomlijnd; je zag alleen zijn benen bewegen. Altijd in cadans, alsof het geen enkele moeite kostte.

Maar Rivière wilde meer dan een goede baanrenner zijn. Hij had geproefd aan het succes op de weg, had een wonderschone Ronde van Europa gereden waarin hij iedereen de baas was geweest en hem wachtte een plaatsje in de Franse nationale ploeg van 1959. Daar, tussen Louison Bobet en Jacques Anquetil ingeklemd, vond zijn leerjaar plaats. Hij keek zijn ogen uit tussen de grote vedetten en hij deed waar hij goed in was: hij won de twee tijdritten met opzienbarend gemak voor Anquetil en Ercole Baldini, de Italiaan die toch ook een behoorlijke tijdrit kon rijden. Rivière at beiden op. Frankrijk had er een nieuwe vedette bij: een jonge vent met gave gelaatstrekken, een gesoigneerde coureur.

In 1959 had hij tot zijn schrik gezien dat zelfs twee grootheden als Bobet en Anquetil in één ploeg niet genoeg waren voor de eindzege in de ronde. De klimmer Fédérico Bahamontes was lachend met de laatste gele trui weggelopen. Rivière, de nieuweling, was mooi vierde geworden, twaalf luizige tikken achter de nummer drie, Anquetil. Hij had dus de zijkant van het podium al gezien toen hij zich in 1960 in Lille inscheepte voor zijn tweede Touravontuur.

In een van de eerste etappes reed Rivière oplettend, zag een klein groepje wegrijden, sloot aan en het klassement van deze ronde werd gemaakt in precies één etappe, die van Saint-Malo naar Lorient. Rivière won de sprint voor de Italiaan Gastone Nencini, de Belg Jan Adriaensens en de Duitser Hennes Junkermann. Een van hen zou de ronde gaan winnen en Rivière leek de beste papieren te hebben. Ja, hij was wereldkampioen. Zijn tijdritten waren exercities van regelmaat, schoonheid en klasse. Waar hij reed, degradeerde hij zijn mederenners tot houten poppen op een fiets. Gracieus kliefde hij door de wind, kilometers telden niet, vermoeidheid voelde hij niet en hij won alles.

Omdat, drie dagen voor Parijs, de tijdrit Pontarlier-Besançon op het programma stond, 83 kilometer lang nog wel, kon je bijna mathematisch vaststellen dat Rivière daar de Tour zou gaan beslissen. Hij zou per tien kilometer een minuut op zijn rivalen gaan winnen en dus kon hij zich in de laatste week zelfs nog wat tijdverlies of een slordigheid permitteren, had zijn ploegleider Geminiani hem aan tafel voorgerekend.

Op de rustdag, net na de dertiende etappe, had men Rivière nog bezig gezien met zijn vrolijke vrouw, samen dollend op een brommertje, een kleine Mobylette, bijgenaamd 'eitje'. Rivière was in goeden doen. Hij stond kortbij in het klassement, hij reed sterk en tijdens de rustdag had Gem hem verteld zich de komende drie dagen vooral kalm te houden. 'De gele trui is toch voor jou. Niet voor morgen, maar voor overmorgen, als je begrijpt wat ik bedoel.' De ploegleider wilde zijn *poulain* rustig houden. 'Blijf bij Nencini in de buurt, forceer niets en houd geduld, dan komt het goed,' had hij gezegd.

Vrij gemakkelijk volgde Rivière in de veertiende etappe de leider in het algemeen klassement in de afdaling van de Col de Perjuret. Nencini, een slimme vos en een redelijk roekeloze daler, reed op kop. Rivière liet de Italiaan langzaam gaan, zocht zijn eigen tempo in de afdaling en wist wat zijn ploegleider had gezegd: de gele trui was voor overmorgen. Hij hoefde in de komende dagen slechts te volgen en dan zou het goed komen. En trouwens, er vond in het peloton bijna een complete hergroepering plaats, dus waar moest hij zich druk om maken?

Rivière bleek toch te roekeloos en miste een bocht, zo simpel moet het gegaan zijn. Zijn ploeggenoot Louis Rostollan had alles zien gebeuren, omdat Rostollan, zelf een bekwame daler, in het wiel van Rivière zat.

Rivière viel ongeveer twintig meter diep en bleef half in lage bomen, lianen en een omringend struikgewas hangen. Twee volgers en Rostollan daalden als eersten het kleine ravijn in, wat vrij eenvoudig te doen was, en troffen de coureur in zware pijn aan. Hij wees op zijn rug en schouders, daar deed het pijn. Nee, bewegen kon hij zich niet goed.

Terwijl meer Tourwagens stopten bij de plaats waar Rivière rechtdoor was gereden, verzocht de rondearts snel om een helikopter; de blessures van de jonge Fransman zouden weleens ernstig kunnen zijn, zo luidde de eerste conclusie.

Heel voorzichtig takelde men de coureur uit zijn benarde positie omhoog en legde hem op een stretcher aan de kant van de weg. Hij bloedde wel, had schaafwonden, maar dat was niet het ware probleem; Roger Rivière had op twee plaatsen zijn rug gebroken en lag in een onnatuurlijke, bijna geknakte houding op de brancard.

Terwijl vrijwel het gehele peloton langs was gekomen (juist, de Tour wacht op helemaal niemand), verscheen de helikopter, die langzaam boven de plaats van het ongeluk cirkelde en een plaats zocht om te landen. Rivière zou zo snel mogelijk naar een groot ziekenhuis in de buurt vervoerd worden, men zei Montpellier.

Gem, de verteller, had inmiddels een groep van wel twintig mensen aan zijn lippen hangen. Ik genoot. Dit was de echte Tour, dit was romantiek in het kwadraat, natuurlijk flink aangezet, maar mooi, o zo mooi. Gem keek zijn gezelschap aan en vervolgde zijn verhaal.

Hoe de helikopter steeds lager kwam, hoe de Tourarts en zijn helpers al de brancard optilden waarop de nu kermende coureur lag en hoe vlakbij plotseling een boer met een enorm groot geweer opdook.

De helikopter zette zijn kleine wielen zachtjes op het land en de boer richtte er direct zijn vuurwapen op. Hij schoot in de lucht en riep hard en voor iedereen verstaanbaar: 'Weg met dat ding, hij maakt mijn oogst kapot... volgende keer schiet ik raak.'

Even ontstond er bij allen op de weg een moment van onzekerheid. De man zag er serieus uit, het geweer werkte, men stond met een gewonde renner klaar en ja, de helikopter stond inderdaad midden in het gewas van de boer.

'Rustig, rustig,' riepen een paar mensen, maar de boer hield voet bij stuk. Die helikopter moest heel snel van zijn land af, want er was al een paar vierkante meter oogst kapot, dat kon iedereen toch zien.

Een minuut later steeg de helikopter op. De boer was nog steeds boos, maar iemand van de organisatie had hem verteld dat hij de schade mocht verhalen bij de Tourorganisatie als de helikopter met de gewonde renner aan boord maar snel de lucht in kon. De boer had zijn geweer laten zakken en Rivière was aan boord gezet. Onmiddellijk vervolgde iedereen in dolle vaart zijn weg, de renners achterna.

Rivière zou nooit meer fietsen. Hij zou zijn verdere leven in een rolstoel moeten doorbrengen. Overmorgen werd dus nooit.

De tijdrit, later, werd gewonnen door de Zwitser Rolf Graf; Nencini won ten slotte de ronde. In eerste instantie kon Rivière het leven in een rolstoel nog wel aan. Hij was voor tachtig procent invalide, maar kon nog wel iets met zijn armen en bovenlijf. Hij opende een brasserie in Saint-Etienne, zijn stad, maar ondanks zijn grote bekendheid werd het eetcafé geen succes. Vervolgens kocht hij een garage, maar ook hier waren de kosten hoger dan de inkomsten. Het leven werd steeds moeilijker voor Rivière, de alcohol ging meespelen, evenals het voor hem zalig verdovende palfium. Ook een groot vakantiekamp annex pretpark dat hij ging uitbaten, kwam in financiële problemen en met Rivière ging het nu echt slecht.

Men kende hem, men had medelijden met hem, maar hij had nog maar één vriend: de dope. Ver weg van de wielerwereld, vergeten door de sportwereld, zieltogend en volkomen berooid stierf hij op veertigjarige leeftijd. Kanker.

Overmorgen werd nooit geel. Overmorgen werd zelfs nooit morgen.

Het was zo mooi. 's Werelds beste tijdrijder, een man die in zijn eerste Tour Anquetil en Baldini versloeg in een tijdrit, die man miste een bocht en daarna ging alles kapot wat er kapot kon gaan.

Gem was uitverteld. Grote tranen biggelden over de wangen van misschien wel een van de weinigen die Rivière tot het laatst bleven bezoeken. De grote Geminiani had een ontzettend klein hart. Geminiani: 'Hij had die Tour met wel tien minuten voorsprong gewonnen. En wie weet wat er verder in zijn wielerleven was gebeurd? C'est Dieu qui le sait.' Toen werd het stil. Wij allen hieven het glas en zeiden zacht 'santé'.

Ongewenst geel

Geloof het of niet, maar Jan Raas heeft de bolletjestrui in de Tour gedragen. Het is een quizvraag voor gevorderden. Raas en bergen, dat ging toch immers niet samen? Raas was sprinten, winnen op karakter, soms onstuimig, altijd iets. De bolletjestrui kreeg hij na de proloog van de ronde van 1982, toen Hinault won vóór Knetemann en Braun, en Raas zelf 59ste werd, op 46 seconden van de winnaar. Tot ieders verbazing werd hij toch op het podium geroepen voor de bolletjestrui. Raas snapte meteen waarom. Er zat een klein kluchtje in het parcours en hij was op macht voluit naar boven gereden. En dus was hij bergkoning 'for one day'.

Lachend zegt hij: 'Die trui heb ik nog bewaard. Ik heb er een heleboel weggegeven, maar de belangrijkste truien van mijn carrière heb ik nog keurig in een koffer.'

Het gaat om de eerste trui van de ronde van 1978. De Tour kende haar tweede start in Nederland en in Leiden werd een spectaculaire, voor het Nederlandse wielrennen zeer succesvolle proloog gereden. Er viel weliswaar wat drizzleregen, maar dat mocht de pret voor de tienduizenden fans niet drukken. De mensen aan het parcours dronken, lachten en klapten en de renners gaven vol gas in de vele slingerbochten. De finish lag in de Groenoordhallen, een geweldige trouvaille van de organisatoren overigens.

De uitslag van die proloog hoort eigenlijk in het geheugen gegrift te staan van iedere Nederlandse wielerfan: 1. Jan Raas, 2. Gerrie Knetemann op 2 sec., 3. Joop Zoetemelk op

4 sec., 4. Hennie Kuiper op 8 sec., 5. Joseph Bruyère op 10 sec., 6. Yves Hézard op 16 sec., 7. Freddy Maertens op 18 sec., 8. Daniel Gisiger op 19 sec., 9. Bernard Hinault op 19 sec., 10. Klaus-Peter Thaler op 21 sec.

Een tijdje gebeurde er niets. De renners die gehuldigd moesten worden, reden een beetje rond in de grote hal en Raas werd, na zeker tien minuten wachten, wel op het podium geroepen maar kreeg geen gele trui.

Het officiële communiqué van die dag gaf het volgende aan: 'En raison de mauvais temps (pluie, routes glissantes) le prologue n'est pas conté pour le classement général. Le maillot jaune n'a pas été attribué.' Ofwel: vanwege het slechte weer (regen en gladde wegen) telt de proloog niet mee voor het algemeen klassement. De gele trui zal niet worden uitgereikt en daarmee basta.

Het was logisch dat de Nederlandse wielrennerij op de achterste poten stond. Alles van Dietschen bloed had volle bak gereden. Raas was stomend kwaad, ploegleider Post schreeuwde over bedrog, de andere renners vonden het een ware schande. Het publiek bleef nog redelijk rustig. Er werd wat gefloten en geschreeuwd, maar tot een fysieke of zelfs maar verbale opstand kwam het niet. De mensen hadden Raas als een schicht door de Leidse straten zien rijden en hadden via microfoons gehoord dat hij gewonnen had. Dat zette aan tot een groot festijn in de kroegen.

Aan tafel bij de Raleigh-ploeg, 's avonds, gromde men van woede. Morgen zou er eens even een revanche plaatsvinden. Wat dacht die arrogante Fransman Lévitan wel niet? Dat hij dit puur Hollandse feestje zo maar kon afzeggen? Hadden ze daarvoor lijf en leden geriskeerd?

Peter Post, jaren later: 'Mijn renners waren woedend. Logisch ook. Iedereen reed voluit, niemand heeft ingehouden, kijk maar naar de uitslag: we hadden geloof ik vijf man bij de eerste elf, zeven bij de eerste dertig. En dan komt zo'n beslissing natuurlijk hard aan. Ik heb aan tafel alle moeite moeten doen ze rustig te houden. Ja, vooral Jan Raas was erg boos.'

De volgende ochtend hingen lage wolken boven het Hollandse land. De etappe Leiden-Sint-Willebrord over 135 kilometer stond op het programma en zonder gele trui vertrok het gezelschap voor een van de nijdigste, fanatiekste en ook beste massasprints uit die ronde.

Als hommage aan Sint-Willebrord, thuis voor Tourvedetten van weleer zoals Wim van Est, Wout en Rini Wagtmans, had men de kleine Brabantse gemeente gekozen als finishplaats voor de eerste halve etappe.

De Raleigh-ploeg legde het peloton een dwingend, hoog tempo op, ontsnappen was niet mogelijk en in een lange, verwoestende uithaal won Raas in een relatief smalle straat waar hij alle topsprinters op lengtes achterstand zette. Achter de hard met een vuist op zijn stuur beukende Zeeuw kwamen Maertens, Esclassan, Walter Planckaert, Karstens, Gauthier, Pescheux en Kelly over de streep.

Willebrord ontplofte, er werd gejuicht en de naam Raas, ik meen uitgesproken door de onvolprezen speaker Chris Delbressine, schalde door de straten. Raas had gewonnen, Raas had geel. De bierkranen gingen open.

Revanche meneer, dat was het. Revanche van een getergde renner en een getergde ploeg en misschien ook wel een boos gemaakt wielervolk. Gejuich steeg op uit de massa en het bereikte zelfs de commentaarpositie: iedereen voelde zich wel bij de strakke zege van de Zeeuw. Zijn onweerstaanbare rush, het slaan op zijn stuur, het ging er bij de tienduizenden in als koek. Hier, in deze kleine Brabantse plaats, zetten 'we' met z'n allen het onrecht dat 'ons' een dag eerder aangedaan was recht. Lévitan was de gebeten hond; dat de beslissing van Leiden uit de koker van de UCI-juryleden kwam, wist bijna niemand.

Vervolgens bleef het enige tijd stil op het podium. De renners reden door naar de plaats waar ze zich konden verschonen ('s middags reed men verder voor de tweede halve etappe richting Brussel) en Corry & de Rekels stonden op het podium om het publiek te vermaken en Corry zou de eerste gele trui van deze ronde helpen aantrekken. En dat duurde en duurde.

Jan Raas, hoe zat dat?

Raas, in 2006, vanuit de auto: 'Ik won dus en reed door. Ik was zo loeiend kwaad op die Lévitan... Ja, het kan best dat ik daar in alle euforie geroepen heb: "Lévitan kan mijn kloten kussen," en zo voelde ik het ook. Ik ben voor rechtvaardigheid, en wat ze ons, dus niet alleen mij, de dag ervoor geflikt hadden, was onrechtvaardig. Je kan niet van sportmensen verlangen dat ze alles geven in een wedstrijd en dan na afloop, als iedereen voluit gereden heeft, ineens roepen dat de wedstrijd ongeldig is. Dat vond ik toen zo'n verschrikkelijke Franse rotstreek!

En dus riep ik toen in Sint-Willebrord dat ik die trui nu ook niet wilde. En ik reed door, dat weet ik nog. Kwam die hele meute achter me aan rennen. En maar roepen: "Jan, dat kan je niet maken" en zo meer, maar ik trapte door en was niet van plan rechtsomkeert te maken, echt niet.'

Jou kennende was je niet te vermurwen.

Raas: 'Dat was ik in eerste instantie ook niet, maar toen kwam Post en die begon over het belang voor Raleigh en het feit dat we nog de hele Tour met Lévitan te maken hadden en dat het goed was voor de wielersport in Nederland en meer van dat soort woorden. Ik begon te twijfelen.'

Hoe lang heeft dat hele spel geduurd?

Raas: 'Zeker tien minuten tot een kwartier. Ik wilde echt niet, maar ik was nog jong en liet me overhalen. Ik luisterde op het laatst toch naar Post en ben toen naar dat podium gereden. Ik weet niet of ik dat nu weer zou doen.'

En op dat podium?

Raas: 'Kussen van Corry, en het publiek was geweldig, dat moet ik zeggen. Kreeg ik toch mijn eerste gele trui. Ja, die heb ik bewaard. Dat vond ik een belangrijke trui in mijn collectie. Geel, groen, bolletjes, wereldkampioenstrui... die heb ik nog, veel andere heb ik weggegeven.'

Raas bleef in het geel tot etappe nummer vijf, toen de Fransman Jacques Bossis het kleinood van hem overnam. Dat gebeurde in een etappe waar het systeem-Post weer volop werkte. Het gaf niet wie er won, als er maar gewonnen werd. En dat gebeurde. Raas verloor zijn trui, maar Thaler won de etappe en Knetemann stond er plots goed voor in het klassement. Een dag later had Raleigh de trui terug. De ploegentijdrit werd met klein verschil gewonnen; tussen Raleigh en C&A van Bruyère en Van Impe lagen slechts zeven seconden, het verschil met de laatste ploegen bedroeg meer dan twintig minuten! Thaler kreeg de gele trui om de schouders, hield de trui twee dagen en gaf 'm toen over aan Knetemann. Raas duikelde uit de top van het klassement doordat hij in de 153 kilometer lange tijdrit niet bij de eerste vijf eindigde. Na materiaalpech moest hij de anderen laten gaan, en dat kwam niet vaak voor.

Geen dag in het geel

De Ronde van Frankrijk werd in het eerste naoorlogse jaar, 1946, niet verreden. Frankrijk lag in puin, er was niet voldoende te eten en te drinken, er was geen organisatie, en in een vroeg stadium werd besloten in 1947 een doorstart te maken met de Tour.

Tourdirecteur Jacques Goddet, de opvolger van Henri Desgrange, was er veel aan gelegen in een weer gezond en naar zichzelf zoekend Frankrijk een klassieke, tot de verbeelding sprekende wielerwedstrijd te organiseren en hij gebruikte de nodige retoriek toen hij in een van zijn machtige pamfletten stelde dat '... we in een vreemde tijd geleefd hebben en nu moeten opletten dat individualisme niet de overhand krijgt. We dienen ervoor te zorgen dat we het individu niet boven de gemeenschap plaatsen.' Vandaar ook dat de nieuwe Franse sportkrant *l'Équipe* heette, 'ploeg', ofwel een gemeenschap van individuen bijeengebracht om, vaak sportieve, prestaties te leveren.

Goddet, in al zijn grootheid, geloofde in deze waarden. Hij wilde in 1947 met de Tour (waar nog minstens een decennium geen Duitsers voor uitgenodigd zouden worden) aan Frankrijk bewijzen dat de geschiedenis weer enigszins herschreven kon worden en dat de grandeur van Frankrijk en haar bevolking weer zou gaan stralen. Met gevoel voor historie zette Goddet een Tour de France-traject in elkaar dat, zeker in de eerste week, gedenkwaardige plaatsen van de Tweede Wereldoorlog aandeed.

Letterlijk: de drie eerste etappes, van Parijs, via Lille naar Brussel en Luxemburg, volgden precies het pad van de geallieerde troepen van 1944. Later werden ook nog Saint-Brieuc en Caen aangedaan, de Franse plaatsen waar de Amerikaanse generaal Patton en zijn Britse collega Montgomery hun grote duels met de Duitse vijand hadden uitgevochten.

Slechts tien van de honderd renners die aan de start stonden in Parijs hadden voor de oorlog de beroemde ronde gereden, en dus kon er gesproken worden van een vrijwel vers startveld.

Goddet was er, zeer tot zijn ongenoegen, niet in geslaagd de twee Italiaanse vedetten, Gino Bartali en Fausto Coppi, naar Frankrijk te halen. De twee verkozen een zeer lucratief wedstrijdenpakket in Zwitserland dat die zomer, gelijk met de Tour, werd verreden. Goddet zette zich wel met succes in voor het meedoen van de Zwitser Ferdi Kübler, al was het maar om de Zwitser van eigen bodem weg te houden en de organisatoren even te laten merken hoe de verhoudingen binnen de wielrennerij van die dagen werkelijk lagen. Kübler echter overleefde de eerste week van de ronde nauwelijks, won wel een etappe, maar kneep al in de zevende etappe de remmen dicht en vertrok naar zijn eigen land. Later zou hij terugkomen in de schoot van Goddet en de Tour van 1950 winnen.

Voor een doldwaze menigte van meer dan driehonderdduizend toeschouwers vertrokken de honderd renners uit Parijs. Frankrijk lag er nog wel zwaargehavend bij, maar het zou de coureurs aan niets ontbreken. Er reden wagens van de organisatie mee die meel, bloem en pasta vervoerden. Onderweg was er de garantie dat de renners konden eten wat ze wilden, dat ze konden slapen in schone kamers en dat de wegen waarover gereden werd 'opgeruimd' zouden zijn. Van herinneringen aan de afschuwelijke oorlog zou geen sprake zijn, sprak Goddet.

De Franse bokser Marcel Cerdan was uitgenodigd om

het startschot in Parijs te geven. Hij was een 'goede' Fransman, held van het volk, en onder een mooi strakke lucht ging de eerste ronde na de Tweede Wereldoorlog van start.

René Vietto, een van de tien renners die de Tour al kende, was op voorhand de grootste kanshebber voor de eindzege. In 1939 was hij tweede geworden in de Tour.
Vietto was een goede renner, die mentaal niet erg sterk bleek, maar die verdraaid hard kon trappen.

Het was voor insiders echter de vraag of de oorlog niet te veel krachten gevraagd had van de renners die in de jaren dertig sterk waren. Vietto kwam al snel in de gele trui, tot groot geluk van de vele volgers in Frankrijk (*l'Équipe* werd die dagen massaal verkocht op straat). Hij was al 33 jaar oud en lid van de Franse nationale ploeg. In principe startten in die ploeg de beste renners, hoewel er in de zogenaamde Franse regionale teams ook coureurs zaten die in staat waren een groot, internationaal programma af te werken. Vaak ook waren dat renners die of ruzie hadden met het centrale gezag (de Franse bond) of in conflict lagen met andere coureurs. In Frankrijk bestond een nogal duidelijk omlijnde pikorde. Zo zag men in de jonge Louison Bobet de kopman van de nationale ploeg voor de toekomst, maar dan alleen als Vietto niet meer zou kunnen presteren.

Jean Robic, startend met nummer 68 en lid van de France Ouest-ploeg, was een opvallende coureur. In 1944 was hij hard gevallen tijdens Parijs-Roubaix en had hij een schedelbasisfractuur opgelopen. Nadat hij hersteld was en het wielrennen weer had opgepakt, droeg hij steevast een iets te grote van leer gemaakte wielerhelm, die hem in het peloton de bijnaam 'Tête de cuir' opleverde. Het zou niet bij een bijnaam blijven.

Robic was klein, tanig en uitgerust met opvallend grote oren, een op Popeye gelijkend gezicht en een ijzeren wil iets van zijn wielerleven te maken. Hij was geboren in Noord-Frankrijk, niet ver van de grens met België, in Conde-les-

Vouziers. Zijn ouders waren naar Bretagne getrokken en hij liet zich van harte 'Le Breton' noemen, zoals hij zich wel meer door 'zijn' publiek liet aanleunen. Robic voelde zich maar al te vaak een renner van en voor 'zijn' publiek, wat hem door zijn collega-renners niet altijd in dank werd afgenomen.

Robic was een moedig coureurtje dat vuile arbeid niet schuwde. Menigmaal vertrok hij uit het peloton, op zoek naar geluk, terwijl iedereen wist dat zijn pogingen geen zin hadden. Om het duidelijk te stellen: hij was geen tactisch brein. Tijdens zijn wielerloopbaan reed hij altijd voor kleine ploegen; in 1947 had het clubje de hilarische naam 'Genial Lucifer'.

Robic verdween uit de voorste rangen van het klassement door in de Alpen wel tien minuten te verliezen in een niet eens zo grote etappe. Niemand rekende nog op hem, hoewel hij wel aanvallend reed en al twee etappes had gewonnen alvorens de monsteretappe tussen Luchon en Pau begon.

Het was de klassieke Pyreneeën-etappe, dus met de beklimmingen van de Peyresourde, de Aspin, de Tourmalet en de Aubisque. In de geschiedenis van de ronde zal deze etappe steeds een ware scherprechter zijn; wie dit overleeft is een klassementsrijder, vele anderen raken flink gedemoraliseerd en verliezen hier de ronde. Een verblijf in de bus is het laatste redmiddel, vaak is deze etappe ook het eindpunt voor de zwaar vermoeide renner.

Robic viel juist deze dag aan, zoals hij wel meer gedaan had; snel en eigenlijk doldriest. Het extreem kleine mannetje (slechts 1 meter 57 lang) vertrok en kreeg alleen de Italiaan Brambilla in zijn wiel. Het was algemeen bekend dat Vietto deze dag voor het heilige geel wilde gaan – de trui die hij al droeg, maar die hij vaster om de schouders wilde krijgen – maar Robic troefde de held van het Franse wielerpubliek af.

Het was een dag na een nogal opzienbarende overwinning van Robics ploeggenoot Albert Bourlon, die een monsterontsnapping van 253 kilometer in een etappezege had omgezet. De moraal bij de France Ouest-ploeg was dus hoog en Robic zei 's ochtends aan het ontbijt dat hij snel zou vertrekken. Zijn ploeggenoten zeiden niets, ze waren gekker van hem gewend. Robic had hun bijvoorbeeld ook verteld hoe hij daags voor de Tour van zijn vrouw afscheid genomen had met de mededeling dat hij dan weliswaar geen bruidsschat kon bieden, maar dat hij uit Parijs zou terugkomen met de gele trui. Zijn ploeggenoten moesten vrolijk lachen om deze vermeende grootspraak.

Nog leuker werd het toen zijn collega en vriend François Mahé, op slag van het vertrek van een etappe, naast Robic kwam staan en een opmerking maakte over zijn potsierlijke helm. In het bijzijn van een grote groep renners vroeg Robic een mecanicien hem een hamer te geven. Vervolgens gaf hij Mahé het aangereikte gereedschap en vroeg hij hem hard op de helm te slaan, omdat hij daarmee kon bewijzen dat het hoofddeksel hem goed beschermde: 'Toe maar, sla maar hard.' Mahé haalde uit en Robic gaf geen krimp. Lachend keek hij zijn collega's aan. Voilà, dit was het bewijs dat de helm alle klappen kon opvangen... De andere renners stonden met open mond te kijken hoe er langzaam flink wat bloed onder de helm vandaan sijpelde. Robic deed of er niets aan de hand was en peddelde weg.

Terug naar de monstrueuze etappe waarin Robic dus eerst Brambilla meenam, maar ook weer achterliet. Later zou hij de Italiaan een vuige wieltjesplakker noemen, omdat Brambilla niet eenmaal aan de leiding kwam rijden. Robic deed de forcing en reed zo onverdroten voort dat hij op de top van de Tourmalet al dertien minuten voorsprong op alle andere toprenners had. Vietto had alle hulp van zijn vrienden ingeroepen en was aan een jacht begonnen. Brambilla volgde op acht minuten achter Robic en reed toen nog virtueel in de gele trui.

Vietto reed als een bezetene in de afdalingen en in de kilometers vlak tussen de bergen en pakte geleidelijk wat tijd terug. Hij nam de Italiaan Ronconi (een goed klimmer) en zijn maatje Lazarides in zijn wiel mee en kreeg even later hulp van de sterke Fachleitner, ook lid van de Franse nationale ploeg.

Het werd oorlog in de Pyreneeën want de ene Fransman zat nu achter de andere aan. Robic hield echter stand en won de etappe met tien minuten voorsprong, een ongekende prestatie van de kleine man die, staande op de straat, wachtte op zijn achterblijvers. Vietto reed de laatste klim voluit en zou, zo kon later worden geanalyseerd, waarschijnlijk in die helse jacht zijn eindzege verspelen.

Weliswaar hield de oude krijger zijn gele trui, maar Robic had tien dure minuten teruggepakt en was daarmee geruisloos de top tien binnengeschoven. De twee Italianen, Brambilla en Ronconi, hadden de Fransman echt nerveus gekregen; ze hadden laten zien dat ze makkelijk met hem mee konden rijden en Vietto, toch al geen stabiel mens, begon aan zichzelf te twijfelen.

Er volgden drie etappes waarin de toprenners zichzelf spaarden, en toen kwam de grote tijdrit van Vannes naar Saint-Brieuc. Met 139 kilometer is het nog steeds de langste individuele tijdrit die ooit in de Tour is verreden.

Geletruidrager Vietto was aan het warm rijden in Vannes toen hij getuige was van een ongeluk. Hij zag een motorrijder hard onderuitgaan en voor dood aan de kant van de weg blijven liggen. Volgens insiders was Vietto hierdoor zo geraakt, dat hij geheel in verwarring aan de tijdrit begon.

Krantenverslagen uit die tijd geven aan dat Vietto direct op achterstand kwam te liggen en dat de twee Italianen na zestig kilometer al zicht op de gele trui hadden.

Robic, die op meer dan acht minuten van Vietto stond en eigenlijk geen enkele bedreiging vormde voor het geel, handhaafde zich in de tussentijden goed. Hij pakte tijd van Vietto af, maar won niet al te veel op Ronconi en Brambilla.

Na iets meer dan honderd kilometer was duidelijk dat Vietto een enorme inzinking had. De Belg Raymond Impanis reed ferm aan de leiding en zou de monsterrit ook winnen. Hij reed met een gemiddelde van ruim 36 kilometer, een geweldig moyenne voor die tijd. Robic werd tweede, maar stond, toen het algemeen klassement die avond werd opgemaakt, toch nog op drie minuten van de nieuwe geletruidrager, de Italiaan Brambilla.

Vietto had 14.40 minuten ingeleverd op de winnaar en was vijftiende geworden, overigens één plaats voor de onbekende coureur Jean de Gribaldy, die later in de Tour zou terugkeren als sponsor/weldoener en regelaar. Vietto had huilend afscheid genomen van de gele trui. Hij was die avond in Saint-Brieuc een geestelijk wrak; eerst dat ongeluk, daarna het verwerken ervan en daarbovenop het feit dat hij werkelijk vierkant gereden had. Nu werd duidelijk dat de held van deze Tour nooit meer in staat zou zijn de grote Franse ronde te winnen.

Op de laatste zondag stond Brambilla stoer bij de start klaar. Hij had een prettige voorsprong op Ronconi, zijn ploeggenoot en in feite zijn knecht; deze Italianen zouden elkaar geen pijn gaan doen. Het zou in Parijs een Italiaans onderonsje worden, dat stond vast. Robic mocht dan nog wel een tikje gevaarlijk zijn, maar Brambilla had toch nog altijd 2.58 minuten voorsprong op de kleine Fransoos en dat moest ruim voldoende zijn.

Toen het peloton aan de etappe begon (overigens nog maar met één Nederlander, Sjefke Janssen, de anderen waren allang uitgevallen), was de sfeer gespannen; het was net alsof er iets heel belangrijks te gebeuren stond.

Gedurende het eerste uur controleerden de Italianen makkelijk de koers, maar bij het buiten rijden van Rouen zette de vierkante Belg Briek Schotte aan voor een speelse aanval. De weg liep venijnig op, de Fransman Teisseire sprong mee en even later sloten Robic en Fachleitner aan.

Binnen enkele minuten was op de heuvel Bon-Secours, waar je heden ten dage een Jean Robic-plaquette kunt vinden, de slag gemaakt. Brambilla wilde wel volgen, maar kreeg direct kramp en in een waanzinnige jacht die 140 kilometer zou duren, raakte de Italiaan alsnog zijn trui kwijt.

Alvorens de Tour inderdaad te winnen, zoals hij immers zijn vrouw Raymonde had beloofd, moest Robic wel alle mogelijke trucs uithalen. De leden van de Franse nationale ploeg, Teisseire en Fachleitner, waren niet zomaar van plan de meesterlijke tactiek van Robic, meespringen en doordemarreren, te ondersteunen. Er ontstond een status-quo, waarvan enige renners profiteerden en wegreden. Robic keek om zich heen en begreep dat er gehandeld diende te worden.

Als lid van een regionale ploeg stond hij veel lager in de rangorde dan de mannen van de Franse nationale ploeg, maar Robic had een kleine drie minuten voorsprong op Fachleitner en die hing precies in zijn wiel.

Volgens de overlevering heeft Robic op een gegeven moment honderdduizend francs aan Fachleitner geboden, onder het uitspreken van de woorden: 'Je kunt nooit meer deze Tour winnen, maar je kunt nog wel behoorlijk verdienen. Die kans geef ik je nu. Rij met me mee en ik betaal je.'

Fachleitner begreep de boodschap en reed met ferme tegenzin met Robic mee naar Parijs, waar Brambilla ontredderd en helemaal kapot op een halfuur van winnaar Schotte in een groepje met Vietto en Ronconi binnenkwam.

Robic bleek de ronde toch nog vrij simpel gewonnen te hebben en Fachleitner werd tweede, en ietwat rijker dan hij had gedacht voor aanvang van de etappe.

Robic werd zo de eerste coureur die La Grande Boucle wist te winnen zonder een dag in het geel gereden te hebben. Zijn vuil geworden witte trui met rode biesjes aan de mouwen en kraag werd daarom in Parijs vervangen door het felbegeerde geel en de kleine man mocht er precies één rondje in het volgepakte Parc des Princes in rijden.

De slag van de dag had even meer dan 140 kilometer geduurd, Robic was de slimste gebleken en hoewel hij 'slechts' lid was van een regionale ploeg werd hij trots bejubeld in Parijs. Zijn nieuwe bijnaam 'Le Biquet', het geitje, sierde de kranten en Frankrijk had er een nieuwe wielerheld bij.

Robic bleek geen eendagsvlieg te zijn. Hij kwam nog negen keer terug in de ronde en tekende in 1949 nog voor de vierde plaats. In 1953, toen de ster van Louison Bobet hoog boven de Tour straalde, haalde Robic zijn gram. Hij was weliswaar Tourwinnaar, maar hij had die gele trui nog nooit aan het publiek kunnen laten zien.

In 1953 won Robic de elfde etappe tussen Cauterets en Luchon, vóór Bobet nog wel, en kreeg hij 's avonds de gele trui. De volgende dag mocht hij dus starten in het geel en trots reed hij, lang voor de start, langs het publiek. Maar zijn lol was van korte duur. Hij verloor de trui kansloos. In Albi stond François Mahé, de man van de hamer, in het geel. Robic stapte iets later triest af, zoals hij ook in de rondes van 1954 en 1955 zou doen. De clowneske verschijning had geen benen meer om de nieuwe generatie renners bij te houden.

In 1959 probeerde hij het nog één keer, maar zieltogend moest hij de Tour door de achterdeur verlaten. In de twintigste etappe, Annecy–Chalon-sur-Saône, kwam de winnaar van 1947 veel te laat binnen.

Robic verhuisde vervolgens van Bretagne naar Parijs, waar hij op een merkwaardige manier een 'sociaal figuur' werd. Hij was even verhuizer, ventte kranten uit, maar kocht ook een restaurant waar hij een populaire 'hangout' voor sportfreaks van maakte. Je was niet in Parijs geweest als je niet bij Le Biquet had gegeten. Robic was een bezienswaardigheid geworden.

Hij bleef ook licht spectaculaire dingen doen, zoals het scheidsrechteren bij catchwedstrijden die op de televisie werden uitgezonden. Met zijn helmpje op en druk gesticulerend, dacht hij ook op dat vlak weer naam te kunnen maken, maar hij werd eerder een zielig baasje gevonden.

Misschien is dat wel altijd zijn grote probleem geweest. Als winnaar van de eerste naoorlogse ronde had Robic gedacht dat hij eeuwige roem zou vergaren. Natuurlijk, hij won in zijn hele wielerloopbaan drieënvijftig wedstrijden, maar de laatste viel te noteren in 1953.

Een van de hoogtepunten in zijn sportleven vond in 1950 plaats. Cyclecross was een geheel nieuwe sport. In Parijs vonden in dat jaar de eerste, zij het officieuze, wereldkampioenschappen plaats. Juist, de kleine Jean Robic bleek de snelste en vaardigste van het startveld. De winnaar van de Tour van '47, de man die toen nooit in het geel reed, was dus ook de eerste officieuze wereldkampioen veldrijden.

Robic overleed in 1980. Zelfs zijn uittreden uit deze wereld had iets tragikomisch. Hij kwam 's avonds van het huldigingsfeest dat ter gelegenheid van de Tourzege van Joop Zoetemelk in Meaux werd gegeven en maakte een stuurfout, zoals hij er zovele had gemaakt in zijn wielercarrière. Hij schoof zijn auto onder een oplegger van een stilstaande vrachtwagen aan de kant van de weg en overleed, 59 jaar oud.

Geel als troost

Hij was een van de beste renners van het eind van de jaren vijftig en de eerste helft van het decennium daarna. In de sprint won je niet van hem, in klassiekers was hij onverwoestbaar sterk, hij had de misschien wel beste ploeg ter wereld om zich heen verzameld, hij reed op de winterbaan aan de zijde van Peter Post en hij werd in zijn eigen land aangesproken met de titel 'Keizer van Herentals'.

En wat voor kleren droeg deze keizer? In de Tour droeg hij twee dagen de gele trui. Twee hele dagen en niet meer dan dat.

Het was Jacques Anquetil, zijn vriend en tegenstander, die ooit de woorden sprak: 'Hij heeft mij in de ronde van '62 zo vreselijk pijn gedaan dat ik aan opgeven heb gedacht. Hij reed zo hard dat er bijna niemand meer in zijn wiel kon blijven. Toen hij omkeek en de schade opnam, zag hij mijn gezicht. Ik heb een uur lang in het laatste wiel zitten bijkomen. Als hij gewild had, had hij weg kunnen rijden en wie weet wat er dan gebeurd was.'

De vraag 'Wat als?' ligt als een zachte deken over het rijden van Rik van Looy in de Franse ronde.

In 1962 had hij een bloedvorm en reed hij iedereen naar huis. Hoewel hij niet van klimmen hield, kon hij het wel. Zijn rijden in de bergen leek een beetje op dat van Jan Raas; ook die deed dat niet graag, maar als het moest, reed hij met de besten mee.

Hij was achtentwintig jaar oud toen hij zijn debuut maakte in La Grande Boucle. Hij had zijn erelijst dat jaar al zien uitpuilen en zou de strijd aangaan met Anquetil, Rudi Altig en al zijn andere grote tegenstanders die niet precies wisten hoe hij zich in de bergen zou houden.

Waarom zo'n laat debuut?

Van Looy geloofde niet in het bestaan van nationale ploegen. Hij was kopman van een commerciële ploeg en met die mannen reed hij het hele jaar, dus ook in de Tour. En anders maar niet.

In 1962 liet de Tourorganisatie merkenploegen toe en daar kwamen de mannen van Van Looy ook op af. Boeven waren het, uit staal gegoten knechten die labeur niet schuwden; woeste beukers, harde stoempers die hun kopman altijd bijstonden. Mannen met namen als Baens, Sorgeloos, Zilverberg, Van Tongerloo, Schroeders, Piet van Est, Ongenae, Armand Desmet en Jef Planckaert.

Natuurlijk was de ploegentijdrit voor deze knoesten, daar kon niemand tegenop, maar wat had Van Looy, de onklopbare, de eerste twee dagen gepresteerd?

Hij was geklopt, reglementair nog wel, in de eerste massasprint. Altig en André Darrigade bleven hem luttele centimeters voor. Geen nood, want de tweede etappe eindigde in zijn woonplaats, in Herentals. Appeltje-eitje, nietwaar?

Maar nee, Van Looy haalde zich de hoon van de hele sportwereld op de hals door in zijn eigen stadje de verkeerde straat in te rijden. Hij ging naar links en de anderen reden naar rechts. Darrigade won. Herentals stond er sprakeloos bij te kijken. Dit kon niet waar zijn. Het werd stil, heel stil op straat.

Het was in de elfde etappe dat het écht gebeurde. Van Looy had zich herpakt en had een geweldige eerste week van de ronde mede vormgegeven; de gemiddelde snelheden lagen hoog en vele tegenstanders zaten al op de knieën.

Aan de voet van de Pyreneeën reed een motorrijder ietwat roekeloos langs de groep en toucheerde met zijn stuur het lijf van Van Looy. De man in de wereldkampioenstrui klapte om, bleef even verdoofd liggen en voelde pijn in de zij.

Na enige minuten oponthoud stapte Van Looy weer op en zocht zijn ritme. Toen hij aandrang voelde tot plassen ging hij snel van de fiets. Er volgde een schreeuw van ontzetting. Godverdoeme... Van Looy plaste bloed, puur bloed, en binnen de kortste tijd werd hij per ambulance naar een ziekenhuis afgevoerd. Gescheurde nier.

Nooit zou iemand weten hoe hij in de bergen zou hebben gereden. Wel zei hij later dat hij zeer sterk was geweest dat jaar. Dat hij krachten over had voor de bergen en Anquetil was de eerste die dat bevestigde. Van Looy zei ook: 'Wie werd er tweede die ronde? Mijn beste knecht, Planckaert. Zo sterk waren we dat jaar.'

Ook dat werd bevestigd door Anquetil, die het later een geschenk uit de hemel noemde dat Van Looy was afgestapt.

De 'Keizer van Herentals' stapte in de Tour nog zes maal op. In 1963 werd hij tiende en bracht hij de groene trui Parijs binnen. Later werd hij nog eens 31ste, maar in zijn zeven rondes stapte hij vijf maal af. De Tour was net een aantal bergen te veel voor hem.

In 1965 kreeg hij dus geel. Na de door hem gewonnen etappe Keulen-Luik en een dag later nog een keer, na de tijdrit op een circuit bij Luik, een tijdrit die zijn ploeg overigens niet won en ook dat was een verrassing.

Van Looy, in al zijn onstuimige grootheid, was gewoon niet gemaakt voor de Franse ronde. Hij kwam wel, omdat Jacques Goddet dat jaarlijks aan hem vroeg, maar vaak was hij al thuis als het echte werk nog moest beginnen. Zijn gele truien verkleurden snel. Van Looy had er niets mee.

Nooit gehuldigd geel

De Tour van 1984 kende een vliegende start. Bernard Hinault pakte de eerste gele trui via de proloog van Montreux-sous-bois-Noisy-le-sec-circuit en toen kwam de ploeg van Kwantum Hallen zich ineens mengen in de strijd om die beroemde trui. Vier dagen achtereen droegen renners van de 'tweede' Nederlandse ploeg de trui; eerst Ludo Peeters, toen twee dagen lang Jacques Hanegraaf en vervolgens Adri van der Poel.

Het gaat hier om de gele trui van Van der Poel, omdat het zo'n speciaal verhaal is. Met Hanegraaf in het geel werd de ploegentijdrit tussen Louvroil en Valenciennes verreden. Twee Nederlandse ploegen, Panasonic en Kwantum Hallen, streden op leven en dood tegen elkaar; het was meer dan prestige dat deze middag op het spel stond. Post met zijn nieuwe ploeg tegen de oud-ploeggenoten, die meer routine hadden. Voor de liefhebbers nog even: Posts Panasonic met Anderson, De Rooy, Lubberding, Nulens, Eddy Planckaert, Veldscholten, Vanderaerden, Winnen, De Keulenaer en Oosterbosch tegen Kwantum met Zoetemelk, Kuiper, Raas, Manders, Peeters, Leo van Vliet, Van der Poel, Wijnands en Hanegraaf.

Overigens reden de Panasonics hun eigen man Oosterbosch naar huis, eindigde De Keulenaer op achterstand en finishten alle Kwantum-mannen, aangevoerd door uiteraard Zoetemelk, in dezelfde tijd de race.

Deze twee superteams streden tegen elkaar over 83 kilometer primair om de dagwinst, maar daarnaast ook om de gele trui.

Eerst de dagwinst. Hoewel de Nederlandse ploegen in die dagen bekendstonden om hun 'specialiteit', wonnen ze niet. De nipte overwinning ging naar de ploeg van Renault (met onder anderen LeMond, Fignon, de broertjes Madiot en Barteau), zeer tot verrassing van de Nederlandse wielervolgers. De twee 'Nederlandse' ploegen eindigden bijna pesterig gelijk op de tweede plaats, op slechts vier seconden achter de Franse ploeg.

Een van de consequenties van die uitslag was dat nogal wat renners van Kwantum voor in het klassement kwamen te staan. Hanegraaf bleef in het geel, Van der Poel had één seconde achterstand, Marc Madiot was derde op vier tellen en Peeters volgde op negen seconden. Vele andere renners van beide ploegen zaten op het vinkentouw.

De volgende etappe ging van Valenciennes naar het Noord-Franse Bethune, een niet zo moeilijk stuk van slechts 83 kilometer, maar wel een etappe die het predikaat 'nerveus' kreeg. Er woei een flinke tegenwind en het gemiddelde bleef onder de 35 kilometer; dan weer reed men hard met enorme schermutselingen voor bonificatieseconden, dan weer op het gemak om krachten op te doen en te loeren. Er werd links en rechts gedemarreerd als er een sprint aankwam en het bleef de hele middag rumoerig op de Noord-Franse wegen, vooral omdat de renners van Kwantum niet wilden buigen voor de aanvallen uit het Postkamp. In een aantal van die tussensprints had Van der Poel flinke bonificaties verdiend en de Brabander wist zelf dat hij in het geel kon komen als hij bij de eerste drie aan de streep zou arriveren.

De eerste plaats was al vergeven, want de sportleraar onder de wielrenners, Ferdi Van den Haute, reed alleen het gat in en niemand ging hem halen. Van den Haute reed voor La Redoute en wielerkenners weten dat het grote Franse postorderbedrijf zijn hoofdvestiging in Noord-Frankrijk heeft. In voorgaande uitgaven van de ronde reden de groene mannen van La Redoute altijd hard in het noorden en dat gebeurde nu dus weer.

Ondanks twee grote tempoversnellingen in de laatste tien kilometer van het peloton bleef de dappere Van den Haute alleen voorop. Hij pakte de meeste bonificatie en had ook nog eens een voorsprong op het afsprintende peloton van een minuut en twee seconden.

Van der Poel, bij navraag in 2006: 'Ik wist dat ik tweede of derde moest worden, maar dat was nog niet zo gemakkelijk, want het peloton puilde uit van de goede sprinters. Ik zat goed, pakte het wiel van Noël de Jonckheere en haalde het net, ik werd derde en had dus wat seconden. Volgens mijn eigen berekening zat ik goed, maar eenmaal bij de wagens hoorden we niets. Niemand kwam mij halen.'

Terwijl de aanwezigen stonden te wachten op het verdict van de Franse jury en de consequenties van alle tussensprints, haalde men Van den Haute niet alleen als etappewinnaar naar voren, maar de niets vermoedende Vlaming moest ook als nieuwe leider in het algemeen klassement naar boven komen. Hij kreeg keurig de gele trui aan, de Fransen applaudisseerden, de televisie deed haar werk, er werden mooie juichfoto's van de Belg genomen en ieder ging zijns weegs. La Redoute tevreden, sponsor waar voor zijn geld, morgen nieuwe kansen.

Totdat er in het juryverblijf verder gerekend werd. Het werd duidelijk dat Van den Haute helemaal niet de nieuwe leider was. Men besloot alle tussensprints van de dag nog maar eens te herzien, en daaruit bleek dat er enorme fouten waren gemaakt bij het snelle rekenwerk eerder die dag.

Terug naar Van der Poel. 's Avonds in het hotel worden altijd de communiqués van de dag gebracht. Dat zijn boekwerken die door een speciale groep medewerkers van de Tour in donkerbruine enveloppen bij de leiding van ieder team worden afgeleverd. Als een ploeg een trui verdiend heeft of al in het bezit heeft, worden die truien eveneens afgeleverd; het is zeg maar de boekhoudkundige en materiële afhandeling van de dag.

Van der Poel: 'Ze kwamen binnen en boden direct hun excuses aan, dat weet ik nog. Ze hadden een fout gemaakt en niet zo'n kleintje ook. Niet Ferdi, maar ik had de gele trui.'

Ik kijk de uitslagen terug en dan blijkt hoe ongelofelijk 'vriendelijk' men op die late middag tegen sponsor La Redoute was geweest. Van den Haute had alle interesse van de aanwezige wielerpers gekregen zonder dat hij daar in de verste verte recht op had. In het algemeen klassement stond hij vierde met liefst 43 seconden achterstand. Van der Poel: 'Ik kan vrij goed rekenen en wist zelf ook eigenlijk wel dat ik geel had. Ik vond het al zo vreemd dat ze die aardige Ferdi daar naar boven haalden. Toen dacht ik al: dat klopt niet, maar we zijn toen maar naar het hotel gereden.' Tweede bleek Phil Anderson op acht tellen, terwijl Jacques Hanegraaf op plaats drie terug te vinden was, één tik achter de Australiër.

Van der Poel: 'Ik had de smoor in, want ik had de trui keurig verdiend, maar dat ding dus niet officieel op het podium uitgereikt gekregen. Dat hebben ze toen de volgende dag voor de etappe wel goedgemaakt, maar toch... Als je ooit die trui wint, dan wil je ook die ceremonie erbij meemaken! Maar goed, ik kreeg de trui aan en heb er de volgende dag in gereden.'

Niet verdedigd?

Van der Poel: 'Nee, we hadden al een paar dagen vol in de beugel gereden en toen er een klein groepje wegreed met onbekende renners, hielden wij de benen stil. Moesten andere ploegen maar doen... maar die deden ook niets, ze gingen allemaal naar ons zitten kijken. Die kopgroep reed natuurlijk een jaar van ons weg. Het was een lange etappe met constant zijwind. Le Guilloux was mee, Barteau en volgens mij een onbekende Columbiaan of zo...'

Was dat geen Portugees?

Van der Poel: 'Ja, juist, eentje met een groen-wit gestreept shirt... die won, en Barteau pakte de trui van mij over en heeft er toen tien dagen in rondgereden. Daar staat hij in Frankrijk nu nog om bekend. Hij wordt nog altijd aangekondigd als de man van tien dagen geel... Ja, omdat wij ze lieten rijden. Ze hadden bijna twintig minuten op de meet. Maar ach, ik had tenminste één maal die gele trui aangehad en dat telde.'

Geen andere leiderstruien in de ronde?

Van der Poel: 'Ho, ho. Vergeet niet dat ik ook nog vijf dagen in de bolletjestrui heb gereden... ik was immers klimmer!'

En wat heb je met die truien gedaan?

Van der Poel: 'Ik kreeg er die avond twee. Eentje met korte mouwen, die hangt nog altijd bij me thuis, en eentje met lange mouwen. Die heb ik weggegeven voor een goed doel.'

Hard feelings?

Van der Poel: 'Toch wel een klein beetje. Was het nou om die sponsor daar maar gunstig te stemmen? Ik weet het niet. Het is nogal een verschil, 43 seconden. Dat is geen rekenfoutje meer... Ik was daar toen wel kwaad over. Nu kan ik het relativeren, maar toch denk ik weleens... ach, laat ook maar. Het is gebeurd. Ik heb die trui tenminste een dag gedragen.'

Verborgen geel

Hij was de eerste renner die ik serieus rek- en strekoefeningen zag doen in de Tour. Andere renners keken naar hem alsof ze water zagen branden. Wat deed dat kleine, vierkante en voor velen onbekende mannetje nou? Waar was dat goed voor?

Dan zette hij zijn fiets tegen een muur, ging op straat zitten en rekte zijn beenspieren op, zoals sportlieden in de hele wereld dat doen. Voor mij een vertrouwd beeld door mijn sportieve achtergrond, maar die middeleeuwse wielerwereld vond het maar vreemd.

Hij had het geleerd in de jaren dat hij ijshockeyde in Canada. Nee, ik heb het niet over de eerste Canadees die ooit het geel droeg, want dat was de nu geheel vergeten Alex Stieda. Voor Steve Bauer geldt dat bepaald niet. Een goede, karaktervolle renner die in de zomer van 1984 prijzen won bij de Olympische Spelen in Los Angeles en bij de wereldkampioenschappen voor de profs in Spanje. Dat was nog eens een start van een lange en interessante loopbaan.

Tijdens een prettig vraaggesprek in een hotel in Montréal vertelde hij me dat hij een bovengemiddeld goede ijshockeyer was, maar dat hij ook altijd graag gefietst had. Dat gebeurde veel bij hem in de buurt (hij woonde ruim 150 kilometer onder Toronto, in de richting van Hamilton en de Niagara Falls). Er wonen in die streek nogal wat Europeanen, Belgen vooral, die de koersfiets uit Europa hadden meegenomen. Het was er lekker vlak, met vaak wat wind; daar werd je hard van.

Bauer viel in 1984 op door zijn aanvallende manier van

rijden. Voor de gouden medaille bij de Spelen kwamen Lauritzen en hij net te kort; Bauer werd tweede, de Noor kreeg brons. Ze werden geklopt door de Amerikaan Alexi Grewal, die nog kort prof is geweest in de ploeg van Peter Post, maar in die wereld helemaal niet meekon. Lauritzen en hij hebben het langer volgehouden in het peloton. 'Bij het WK in Barcelona, waar Criquelion won omdat Zoetemelk niet wilde rijden toen er een gat viel, ben ik ook maar in de aanval gegaan. Het was zo ongeveer mijn eerste profwedstrijd, ik kende helemaal niemand en heb gereden voor wat ik waard was. Ik stond met mannen aan de startstreep die ik uitsluitend van naam kende. Er waren helden van me bij. Ik werd derde daar.'

Bauer reed elf maal de Franse ronde, werd in zijn debuutjaar (1985) meteen tiende en zijn beste klassering was vierde in 1988. Hij viel slechts twee maal uit (beide keren door ziekte) en tekende in zijn twee laatste rondes twee maal voor plaats 101.

Terug naar 1988. Bauer reed voor de Weinmann-ploeg waarvan de Zwitser Niki Ruttimann kopman was. Hij won, solo nog wel, de etappe Pont-Château-Machecoul. Hij was het aanstormende peloton die dag nipt voorgebleven (Eric Vanderaerden en Eddy Planckaert sprintten voor de andere nietszeggende ereplaatsen) en toen moesten de rekenmeesters van de ronde flink aan de slag.

Bauer vertelde het verhaal feestelijk na: 'Ik was al bij de wagen terug om een schoon shirt te gaan halen en nog steeds wist niemand wie de gele trui zou krijgen. Het ging om duizendsten van een seconde. Riepen ze ineens dat ik terug moest komen bij het podium. Ja, dan schrik je wel. Ik was al vier jaar prof en stond mijn mannetje, maar het moment waarop je voor het eerst van je leven de gele trui mag aandoen, is wel heel speciaal.

Een dag later droeg ik alweer gewoon mijn eigen shirt,

want toen nam Teun van Vliet het geel over na de ploegentijdrit. Logisch, want daarin waren de Panasonics in die tijd heer en meester. Wij hebben die dag volle bak gereden om de trui te verdedigen en waren maar 24 seconden langzamer, dat viel eigenlijk nog mee. Daarna pakte Lubberding van Panasonic de trui, die hem na een dag moest afstaan aan Nijdam van Superconfex. De ruzie tussen Panasonic en Superconfex was in die dagen op haar hoogtepunt. De tussensprints leken wel oorlogen. Er werd gegooid en gekwakt en de andere wielrenners keken verbaasd toe hoe die Nederlandse ploegen tegen elkaar tekeergingen.'

Een paar dagen later heroverde Bauer de gele trui. 'In Nancy was dat. Een mooi groepje reed weg. Gölz van Superconfex reed vol mee omdat ik in die kopgroep zat. Ik stond negen seconden achter Nijdam in het algemeen klassement. We arriveerden met bijna een halve minuut voorsprong op de groep met de gele trui en ik had vrij eenvoudig de trui terug. Gölz won. Het was dat jaar enorm druk en moeilijk fietsen in het peloton. Het was een heel levendige Tourstart, met hoge gemiddelde snelheden, harde sprints en er was steeds wat aan de hand.'

Toen kwam de befaamde dag in Besançon. De sprint van die middag was er eentje om van te smullen. Door een levensgevaarlijke, maar technisch perfecte stuurbeweging te maken, scoorde Jean-Paul van Poppel. Hij vloog langs de gereedstaande fotografen heen, won voor Guido Bontempi en Planckaert. Bauer hield de trui en zou dat, door karaktervol te rijden, nog twee dagen doen. Pas in Alpe d'Huez nam Pedro Delgado de trui van hem over, hoewel de kleine Canadees (zijn bijnaam in het Franse peloton was 'Le Gros Cul', de dikke reet) zich kranig weerde in de klim. Geheel op karakter. 'Ik kon niet echt klimmen, ik pikte aan en reed mee zolang ik kon en soms was dat lang. Dat was mijn filosofie in de bergen. In de jaren dat ik voor een goede klassering reed, heb ik dat altijd zo gedaan. In latere ronden zocht ik rustig een bus op, toen vond ik het wel goed.'

Hij kende dus de smaak van geel toen hij twee jaar later weer die trui kreeg. Op de tweede dag van de ronde nog wel. In Futuroscope. Frans Maassen had de ochtendetappe gewonnen, Bauer kreeg geel, maar was er honderd procent zeker van dat hij die middag, na de ploegentijdrit, de trui kwijt zou zijn.

Nee dus. De Nederlandse Buckler-ploeg van Maassen reed ingehouden om de zwakke en geblesseerde renners mee te nemen en Bauer hield zijn trui.

Zijn reactie, jaren later: 'Dat verbaasde me toen enorm. Ik wist bijna zeker dat we van hun ploeg zouden verliezen, want wij hadden geen renners die iets extra's konden in die tijdrit. Ik was ervan uitgegaan dat Maassen de trui zou pakken. Dat ze die middag de gele trui lieten lopen om één of twee renners mee te nemen, hoor ik van jou voor het eerst. Wauw!'

Bauer hield de trui van Futuroscope tot Genève, half Frankrijk door; meer dan een week dus. De venijnige aanvallen van Maassen, op zoek naar bonificatieseconden in de eerste etappes, werden voornamelijk gecounterd door de concurrerende Nederlandse ploeg en niet door de teamgenoten van Bauer, die nog een keer zijn verbazing uitsprak over de manier van 'samenleven' van de Nederlandse coureurs in die dagen. 'Ik wist niet dat er zo'n sfeer tussen die ploegen heerste. Ik vond het overigens best hoor, daar niet van. Ik moest wel opletten, maar die renners van Post gebruikte ik als het ware als waakhonden voor de trui. Na een paar dagen liet Maassen het volgens mij ook gaan. Hij kon niet zo goed tegen die toestanden.'

In Besançon wilden wij van de NOS een itempje over de geletruidrager maken. Met cameraman Peter Bakker zocht ik hem op bij zijn ploegleiderswagen. Ik had een afspraak gemaakt, hij wist van onze interesse en hij deed iets wat ik nooit meer zou vergeten wanneer ik in de Franse ronde rondliep.

Als je in het geel reed, betekende dat een gedoe vanjewelste. Je moest handtekeningen uitdelen, je moest bij de burgemeester komen, je moest lachen en zwaaien naar het publiek en je kon je in en rond de start en de finish nauwelijks bewegen. De gele trui was een vrijbrief voor fans, journalisten, sponsorvertegenwoordigers en anderen (eigenlijk de hele mensheid dus) om je aan te raken, om de pet van je hoofd te trekken, om met je op de foto te gaan, om de arm om je schouders te leggen, om je te vragen voor een foto, om... ja, eigenlijk om geen normaal rennersleven te hebben.

Bauer liet ons zien wat hij daarop gevonden had. Over zijn gele trui deed hij zijn trainingsjack aan van 7-Eleven, zijn ploeg die dagen, en peddelde van zijn ploegleiderswagen weg. Het was ongelofelijk, maar waar: eenmaal tussen de mensen was er niemand die hem tegenhield, niemand die voor hem sprong om een handtekening te vragen, niemand die op de foto wilde. En een van de bodyguards liet Franse renners op weg naar het tekenpodium voorgaan, voordat de man met de 7-Eleven-trui erdoor mocht. Dat toonde precies wat Bauer ons wilde laten zien: geel was heilig, geel was alles en zonder zichtbaar geel telde hij helemaal niet mee; dan was hij gewoon een van de vele renners.

De speaker op het tekenpodium herkende hem wel, maar toen Bauer daar aan de andere kant weer afstapte kon hij rustig tussen het publiek door rijden op zijn rode fiets, zonder dat iemand een vinger naar hem uitstak.

Zo zat het dus in elkaar, dacht ik. We volgden hem nog enige tijd en bedankten hem voor deze buitengewone rondleiding in de Tour.

Jammer genoeg haalde deze kleine impressie de uitzending nooit, vanwege andere 'belangrijke' items, maar voor

Bakker en mij was het een van de meest memorabele aspecten van de Tour in die dagen: je moest zichtbaar geel dragen om hysterisch te worden benaderd door volgers en publiek. Bedekt geel betekende onbekendheid en dus rust. 'Niemand kent blijkbaar mijn gezicht,' zei Bauer. 'Óf ze kijken niet óf ze willen het niet zien.'

Even voordat de etappe van start ging, stonden we aan de kant van de weg te kijken. Bauer had zijn trainingsshirt uitgedaan en werd nu ineens wel bedolven onder handtekeningenjagers die hun prooi in de gaten kregen. Nu werd hij opgehouden en moest op de foto met mollige fans, met huismoeders en tegenspartelende zoontjes van vaders die fan waren. Bauer deed het met vrolijk ingehouden tegenzin.

Als een van de laatste renners meldde hij zich bij de startstreep. Men gilde de geletruidrager toe: voilà Bauer, le maillot jaune... bravo Bauer, bravo!

Nog geen vijf minuten eerder had hij hier heerlijk anoniem rondgereden. Niemand had iets geroepen.

Een paar jaar later, in Montréal, had ik het met hem over dat vreemde fenomeen. Bauer zei: 'Er is maar één verklaring. De mensen langs de kant komen voor de gele trui en niet voor wie er in die trui zit. Ik heb meer dan twee weken in de trui gereden in Frankrijk, dus ik weet waar ik over praat. Echt waar, het is geen pretje. Je móét aardig zijn, stoppen, handjes geven, lachen... terwijl je weleens een andere gemoedstoestand hebt. Heus, ik ben een normaal mens en ik kan veel hebben en als ze met mij op de foto willen, dan laat ik dat toe. Uiteraard. Maar als je de gele trui draagt, komt daar nog wat bovenop. Het is alsof de renner in die trui bezit van het volk is geworden. Geel is heilig in die dagen. Geel doet alles. Mensen worden gek, agenten van politie gaan je ineens helpen, anderen maken de weg voor je vrij, oudjes gaan staan klappen terwijl ze geen idee hebben wie je bent. Dat is een heel vreemd fenomeen.

Weet je dat ik er niet eens zo heel rouwig om was toen ik in 1990 de trui kwijtraakte? Ik heb toen gevoeld hoe zwaar het is om die trui dag in, dag uit aan te hebben. Hoeveel dagen achtereen had ik geel? Negen? Tien? Oké, ik raakte mijn trui kwijt aan Pensec, dat weet ik nog. Reden we niet naar St. Gervais, richting Alpen? Ik weet nog dat ik er op het laatst pas afgereden werd. Pensec en Chiappucci gingen met de eerste groep mee, Maassen en ik eindigden naast elkaar op afstand in een ander groepje. Voor ons was het voorbij. Ik kwam een goede minuut te kort op Pensec en heb verder nergens meer aangedrongen. Ik was helemaal op. Ik werd in Parijs iets van dertigste [niet helemaal, hij werd 27ste op 34.05 na winnaar Greg LeMond – M.S.] en meer zat er niet voor me in.

Nee, ik had het nooit willen missen. Ik heb het podium gehaald bij de Olympische Spelen en de wereldkampioenschappen, ik heb een klassieker gewonnen [Zürich – M.S.] en er eentje met een millimeter verloren [Parijs-Roubaix – M.S.], maar die dagen in het geel vergeet je nooit. Zelfs niet die dagen in het bedekt geel. God, wat had ik een lol als ik dat deed. Ik had het overigens gehoord van Gianni Bugno. Die had het in de Giro van dat jaar ook gedaan. Die reed van de eerste tot de laatste dag in de roze trui, kun je nagaan, en hij was die toestanden ook weleens zat. Dan trok hij een jasje aan en dan was de magie ineens verdwenen. Vreemd toch?'

Nog iets vergeten in je rijke loopbaan?

Bauer, lachend: 'Ja, maar daar snappen jullie niets van. Ik ben tweede geworden bij de Commonwealth Games in 1982. Dat was in Australië meen ik, ik denk Brisbane. Dat weet helemaal niemand meer. Ik weet niet eens meer van wie ik daar verloor.'

Dus ging ik, als een waanzinnige, zoeken in de boeken en vond het resultaat. Steve Bauer werd in 1982 geklopt in de sprint door de Brit Malcolm Elliott. Dat was in de wegwedstrijd. Een andere Canadees, ene Alex Stieda uit Vancouver, won brons op het onderdeel achtervolging. Die Stieda ja, de eerste Canadese geletruidrager.

Ik vraag Bauer waar zijn gele truien zijn. Hij denkt na. Er hangt er eentje heel zichtbaar in zijn fietsenwinkel in St. Catharines. En verder? Bauer: 'Ik denk dat ik er nog wat in een doos heb liggen. In een garage ergens. Ik heb er veel weggegeven.'

Het tweede geel

Minzaam lachend staat hij daar
veertien zomers opgestapt
door de hele wereld toe geklapt
nooit lag er ooit dat tricot klaar

Geliefd door het volk
aanbeden
door velen
nooit was er die wolk
waarop hij even kon stralen
nooit hoefde hij die trui op te halen

Zelfs Joop klopte hem met een halve seconde
ten teken dat Onze-Lieve-Heer
het niet goed had gevonden
dat, al was het maar voor een keer
hij gekust zou worden door frisse meisjesmonden

Nu loopt hij voor zijn sponsor rond
geeft handen, poseert en lacht
ja, hij is nog steeds gezond
maakt ouderen en kinderen blij en wacht
op hun kreet: Pou, Pou... Pou, Pou
ach, wat doet het er allemaal toe

Hij draagt in de hele Tour nu geel
de kleur van de bank
de kleur van haat
de kleur van dank
de kleur die hem nu heel goed staat
en ja, hij lacht en zwaait, heel veel

Stieda, Gayant, Kirsipuu, Piasecki, Van Vliet
neen, hij kent die mannen niet
o, reden ze ooit in geel?
neen, dat doet hem niet zo veel

Hoor het volk juichen, zie de mensen klappen
zie hem in zijn gele truitje stappen
hier is voor eeuwig aangetoond
dat fraai verliezen loont

Mijn vader zei me ooit:
die Poulidor
vergeet dat alsjeblieft nooit
die kon echt fietsen hoor
dat was een man met een echte ziel
minstens gelijk aan Anquetil

Knokige handen, gebruind gelaat
en een auto waarop te lezen staat
'Hier rijdt Raymond Poulidor'
men stapt opzij
hij
hij mag altijd en overal door

Verdacht geel

Om nou te stellen dat Evgeny Berzin een algemeen geliefd renner en een prettig mens voor zijn omgeving was, gaat iets te ver. De Rus, geboren in Viborg, evenals trouwens de nog altijd actieve Vladislav Ekimov, meldde zich in 1993 in het Italiaanse profpeloton nadat hij een fenomeen was geworden in de Russische wielerstal bij het rijden van een achtervolging op de baan of een race over 100 kilometer op de weg. Hij reed in die jaren sneller dan zijn schaduw.

Het was de Italiaan Emanuele Bombini die zichzelf opwierp als 'de ontdekker' van Berzin. Bombini legde zijn arm rond de smalle schouders van de naar erkenning en vooral rijkdom snakkende jonge Rus en een geweldig sporthuwelijk leek te zijn ontstaan. Waar hij opstapte, was hij kandidaat-winnaar, zo leek het.

Bombini vertrouwde zijn renner het beste materiaal, de beste artsen en de beste soigneurs toe en op serieus resultaat hoefde de wielerwereld niet lang te wachten.

In 1994 werd Berzin al tweede in Tirreno-Adriatico en een goede maand later reed hij met een voorsprong van bijna twee minuten op Lance Armstrong en Giorgio Furlan over de finish in Luik-Bastenaken-Luik.

Een fenomeen leek geboren en de Italiaanse wielerpers stortte zich met overgave op de jongeling die met zijn kleine gestalte en zijn lange, blonde haar een enorme versnelling bleek te kunnen ronddraaien. De toekomst voor Berzin leek geplaveid met gouden klinkers. Een goede maand later immers won hij in de Giro twee etappes en bracht hij de roze trui in Milaan winnend binnen.

Het wachten was echter op zijn optreden in de Tour de France, want de Giro winnen was natuurlijk niet niks, maar toch nog niet het allerhoogste in de wielrennerij. Hij had weliswaar Miguel Indurain er in een tijdrit onder gehouden, maar de maat wordt pas echt genomen tijdens drie weken fietsen in Frankrijk en Berzin wist dat.

Het jongmens uit Rusland leerde in zijn nieuwe vaderland snel. Hij leerde van geld, van luxe, van auto's, van vrouwen, van roem en van dope.

Na enige tijd werd duidelijk dat Berzin waarschijnlijk een dopezondaar was, in die zin dat hij bij de (thans) beroemde club van EPO-zondaars behoorde, een grote groep renners, onder meer rijdend in de ploegen van Bombini. Renners werden destijds wel gecontroleerd, maar nooit 'gepakt' omdat er toentertijd geen technieken bestonden voor het opsporen van EPO-gebruik.

Beroemd waren de prestaties van de Bombini-ploegen in die periode. Met drie man beheersten ze de Waalse Pijl, zodanig dat de andere renners er wat lacherig over gingen doen. Mannen als Moreno Argentin, Bruno Cenghialta, Giorgio Furlan en ook Berzin kregen een 'naam' als extreem goede rijders waar iets mee aan de hand was. Wat, dat wist men niet. Of men speelde dat men dat niet wist, dat kan ook.

Dat de mannen hard reden was een feit; harder dan vele anderen. Het gemak waarmee ze de grote versnelling reden viel op en natuurlijk het feit dat ze veel wonnen. Bombini werd beschouwd als een groot ploegleider, een man met innovatieve trainingsmethoden, maar die bewondering nam een aantal jaar later snel af. In de ploegen van Gewiss-Ballan was EPO-gebruik heel normaal. Het hoorde als het ware tot de standaarduitrusting van hun renners.

Tijdens een zoektocht naar de bewegingen van die teams en vooral van Berzin, stuitte ik bij toeval op een uitgelekt resultaat van de Italiaanse justitie uit de jaren 1994 en '95. Wie deze gegevens ooit gevonden heeft, weet ik niet en hoe ze op internet terechtkwamen, zal ook onbekend blijven, maar er stond nog wel een soort verificatieadres bij: `membres.lycos.fr/cyclingworld/dopage/italie/htm`

Ik begon te lezen en kwam een buitengewoon interessant staatje tegen. Het betrof de hematocrietwaarden van de renners van de Bombini-ploeg van 1995. De mannen waren op 15 december 1994, in de slotdagen van hun vakantie dus, 'gemeten' en de waarden daarvan kwamen in het bezit van de Italiaanse justitie, waarschijnlijk via de mensen die de medische staf vormden van de toenmalige ploeg.

De cijfers van de metingen van 24 mei 1995 daarentegen gaven een heel andere spiegel te zien. Van de elf renners die 'bemeten' waren, hadden tien man een significante stijging ten opzichte van de getallen die ruim vijf maanden eerder werden genoteerd.

De lijst zag er als volgt uit:

	15-12-94	24-5-95	verschil
Bobrik	42.7	53	10.3
Cenghialta	37.2	54.5	17.3
Frattini	46.	54	8
Volpi	38.5	52.6	14.1
Gotti	40.7	57	16.3
Furlan	38.8	51	12.2
Milani	41.7	54	12.3
Santaromita	41.4	45	3.6
Ugromov	42.8	60	17.2
Berzin	41.7	53	11.3
Riis	41.1	56.3	15.2

Ik weet nooit wat ik moet denken als ik zulke cijfers zie. Ooit ben ik door artsen die van de hoed en de rand wisten, wel bijgepraat over de waarden. Ze hebben me uitgelegd waarom de meeste profrenners uit die dagen tijdens pieken in het seizoen vrijwel altijd rond de vijftig zaten. Maar dan nog: wat was de werkelijke betekenis van dat alles?

Deze lijst was voor artsen en mensen van laboratoria het overduidelijke bewijs dat iedereen binnen de toenmalige ploeg systematisch EPO kreeg. De waarde in mei bij Ugromov, 60, was onwaarschijnlijk hoog: zijn bloed moet werkelijk stroop geweest zijn. Ook de 53 van zijn 'landgenoot' Berzin mocht er wezen en de 56.3 van de Deen Riis natuurlijk ook. Op Santaromita na zou de hele zwik nu om 'gezondheidsredenen' aan de kant gezet zijn.

Er deed zich binnen de ploeg van toen nog het een en ander voor. Berzin bleek een vrij egocentrische jongen te zijn; hij misbruikte zijn Italiaanse knechten meer dan gepast was. Berzin had een grote mond, trok zich van de heersende waarden binnen de wielersport niets aan en speelde een vreemd Russisch robbertje vechten met Ugromov. De heren hadden de pest aan elkaar. Berzin reed achter de Let Ugromov aan als die demarreerde en omgekeerd, en ze spraken geen woord tegen elkaar.

Volgens insiders (mijn bron was toentertijd de Italiaanse sportjournalist Adriano De Zan) was Berzin een echte nouveau riche. Hij had zijn eerste vrouw ingewisseld voor de dochter van een steenrijke ondernemer, het vele geld rolde snel, er kwamen rode Ferrari's en Lamborghini's op zijn oprijlaan te staan en de manier waarop de nog immer jong uitziende renner zich presenteerde viel steeds slechter bij de buitenwereld: hij was een onvolwassen acterende, brutale, verwende sportman die steeds minder presteerde, hoewel hij ineens weer kon opbloeien en de stenen uit de straat kon rijden. Hij was onberekenbaar, onsympathiek en soms onhandelbaar.

Zijn debuut-Tour was in 1995 geweest. Met enig tromgeroffel was hij aangekondigd, maar in de tiende etappe had hij opgegeven; naamloos en gefrustreerd. Waarom? Het waren zijn landgenoten Djamolidine Abdoujaparov en Sergei Outchakov die in die ronde voor (Russisch) dagsucces zorgden. Berzin kon zijn faam op de Franse wegen nergens waarmaken, maar zijn ploeggenoten Riis (3de), Gotti (5de) en Cenghialta (15de) eindigden keurig en 'ongemerkt' in de top twintig van het klassement. Geen karakter, zei men over Berzin.

Een jaar later was hij terug. Het grote schisma binnen zijn ploeg had plaatsgevonden: Riis was naar Telekom vertrokken en Ugromov was naar een andere Italiaanse ploeg gegaan. Bombini gaf immers nog steeds de voorkeur aan Berzin en daar had de Let geen zin in.

En zo verscheen de Gewiss-ploeg met een andere opstelling bij het vertrek van de Tour van '96. Gotti was er nog wel bij, maar de gevaarlijke aanvaller van een jaar eerder moest al na vijf etappes afstappen. Het kwam dus aan op Berzin.

Hij werd vierde in de verregende proloog van 's-Hertogenbosch, bleef vooraan in het algemeen klassement en kreeg zijn eerste gele trui op een moment dat niemand daarop rekende. Er waren twee grote toevalligheden voor nodig om in die trui te komen.

De dappere Franse aanvaller Stéphane Heulot reed in het geel en bezorgde de wielersupporters in het thuisland weer eens wat vreugde. Maar door een zwaar ontstoken knie kon hij het peloton in de etappe naar Les Arcs niet bijhouden. De hele wereld kon op televisie de lijdensweg volgen van de enthousiast aangemoedigde geletruidrager. Veteraan Heulot speelde het spel mee en reed als een echte martelaar zijn laatste kilometers. Heulot was minder geliefd bij het volk dan Pascal Simon een paar jaar eerder toen die zijn slotmomenten in de Tour kende; Heulot was een wat stugge, niet altijd goed begrepen vrijbuiter, die gedurende drie volle dagen mocht genieten van zijn kwartier van wereldroem.

Heulot stapte uiteindelijk af op weg naar Les Arcs, waar de Tour een helse finale zou beleven. Weer een andere Franse held diende zich aan, namelijk Luc Leblanc, de devote katholiek en ex-wereldkampioen. Leblanc won en weer juichte Frankrijk.

Berzin kwam in een klein groepje binnen dat precies vier tikken achter een ander pelotonnetje finishte. In dat eerste groepje zat Abraham Olano, de grote Spaanse tijdrijder. Hij en Berzin stonden die ochtend voor de start in het algemeen klassement vier tellen uit elkaar, zodat de reglementen erbij gehaald moesten worden. Wie kreeg er geel?

Volgens de perschef van de ronde, de immer opgewekte Philippe Sudres, was de uitslag van de proloog richtlijn bij de aanwijzing van de geletruidrager van die dag. Geheel onverwacht stapte Berzin het podium op. Hij was nu ook de nummer één in de Tour de France. Zijn lang gekoesterde droom was in vervulling gegaan.

Een dag later bezat hij de trui nog steeds. Wat heet. Er moest gereden worden tussen Bourg-Saint-Maurice en Val d'Isère. Solo welteverstaan. Een individuele klimtijdrit, zo'n beetje het moeilijkste onderdeel in de internationale wielersport.

Berzin nam die dag alle anderen de maat. Hij gaf Indurain een minuut aan zijn broek en moest alleen Riis, zijn oud-ploeggenoot, op 35 eervol bijeengefietste seconden dulden. Olano had hij op driekwart minuut gezet en ineens begon het licht van Berzin in de Tour te schijnen. Had hij zijn eerste trui dan met wat mazzel verkregen, aan de uitslag van de klimtijdrit was te zien dat Berzin toch echt kon fietsen. Hij stond juichend op het podium en in Italiaanse commentaren werd gesproken van de doorbraak van een fenomeen; een renner uit het verre Rusland die in staat was alle grote tijdrijders uit het Westen op afstand te zetten. Dit was nog nooit vertoond!

Maar lang niet iedereen jubelde mee. Berzin was in die dagen een ernstig besmette renner en alles wat hij deed werd zeer kritisch bekeken door veel serieuze Tourjournalisten. Hij bleef een renner van die beruchte Bombini-stal en de twijfels die de kenners al geruime tijd over die ploeg hadden, werden niet zomaar weggenomen in Val d'Isère. Het leek wel of de Rus veel meer dan deze twee examens moest afleggen. De trui was leuk, de klimtijdritoverwinning was van kwaliteit, maar de man moest eerst volledig doorgelicht worden alvorens men hem een keurmerk opplakte.

Er was nu genoeg doorgelekt over de gang van zaken binnen de ploeg van Berzin. Waren het alleen de EPO-geruchten die de ploeg parten speelden? Nee, het was meer. Het bleek dat je als renner ook een onbesmet blazoen diende te hebben in de ronde. Asociaal gedrag werd vrij snel rondgebriefd en dat was het geval met Berzin. Ik weet nog dat De Zan tegen me zei dat een hoop Italiaanse renners hem een enorme klootzak vonden en dat niemand hem steunde behalve zijn eigen ploeggenoten, en die waarschijnlijk ook niet van harte.

Berzin was overigens een dag later de trui al kwijt. Het was een historische etappe van... 46 kilometer. Vanwege koude, sneeuw en gladheid op de Iséran en Galibier besloot de organisatie de twee magnifieke beklimmingen uit de etappe te halen. De renners werden in ploegleiderauto's geplaatst en elders in de Alpen losgelaten, in het plaatsje Monetier Les Bains, waar het startsignaal gegeven werd voor een bizarre etappe die de ene (ex-)klant van Bombini geel opleverde en de ander het inzicht gaf dat hij toch niet zo goed was als hij zelf dacht.

Het ritje van 46 kilometer bestond uit de berg af aan de Franse kant en de berg op aan de Italiaanse. Bij de streep in Sestrières pakte Riis met een verheugd gezicht de winst, na een middag van slechts één knalharde uitval, waarop Berzin, met zijn bekende luiheid, geen weerwoord had.

Riis en een aantal dapperen achter hem, mannen die in de afdaling wegreden, bleven weg en de Rus had het nakijken. Toen hij na de finish hoorde dat ex-ploeggenoot Riis hem soeverein uit het geel had gereden reed hij kwaad door. De kleine man met de grote eigenwaan had zijn hoogtijdagen in de Tour al achter zich. Twee dagen geel, dat was alles.

Berzin zakte weg in het klassement en eindigde in Parijs als twintigste. Een jaar later viel hij uit na de zesde etappe, waarna hij in 1998 terugkwam in het shirt van de Franse ploeg Française des Jeux.

Nog altijd zal ploegleider Marc Madiot hard weglopen als je bij hem over Evgeny Berzin begint. Madiot moest een renner hebben die een klassement kon rijden en dacht dat hij de verwende Rus wel aankon. Het was een noodgreep van een ploeg in last geweest.

De met veel paukenslagen binnengehaalde Berzin leefde precies twee maanden op goede voet met zijn ploegleiders en collega's. Daarna werd hij onuitstaanbaar, trainde niet voldoende, stortte zich gulzig in alles wat met luxe, geld en wild leven te maken had en eindigde in die rampenronde als de nummer 25 in Parijs. Nog steeds jong maar nu al kapot. Bij de Franse ploeg waren ze dolblij dat ze van de lastpak af waren.

Een van de grootste talenten van de jaren negentig eindigde zijn sportieve loopbaan vervolgens in Portugal, waar hij nog een koersje wist te winnen.

Een laatste vlucht naar zijn geliefde Italië leverde niet eens meer een trui en een broek op. Het lastige kind, door velen met de nek aangekeken, de EPO-man van de Bombini-stal, toonde de fragiliteit van het wielerleven.

In 2000 viel het doek geheel. Ze zeiden dat hij in Italië moest afkicken van van-alles-en-nog-wat en dat hij te vaak in zeer dubieus gezelschap verkeerde; mannen met zwarte zonnebrillen, dure auto's, wulpse dames, gevaarlijke afspraken. Het peloton was heel erg ver weg voor Berzin. Twee dagen geel. Ongewenst geel, dat ook nog, dat was zijn *claim to fame.*

Verdwenen geel

De Deen Rolf Sörensen was in zijn actieve periode een 'vreemde' voor Denemarken en zeker voor het wielrennen in zijn geboorteland. Hij was als jong amateurtje naar Italië getrokken om daar goed te leren fietsen en was eigenlijk meer Italiaan dan Deen. Hij reed zelden in eigen land, was lid van een Italiaanse ploeg en trok in wedstrijden ook niet al te veel met zijn landgenoten op. Jarenlang zou die situatie zo blijven; het was vaak Sörensen tegen de andere Denen in het peloton. Pas na zijn loopbaan als wielrenner heeft Sörensen de lucht tussen de anderen en hemzelf geklaard en bijvoorbeeld met Bjarne Riis de vredespijp gerookt.

Een buitenbeentje dus. Hij was een renner met veel mogelijkheden, want klassiekers over steentjes lagen hem wel ('Ik had iets met de Ronde van Vlaanderen, kon me daar altijd enorm voor opladen'), terwijl hij toch ook in grote rondes behoorlijk goed reed.

Zijn 'gele verhaal' is opmerkelijk.

Sörensen verdiende de trui in de ronde van 1991. Tot verrassing van velen had de Italiaanse Ariostea-ploeg de ploegentijdrit tussen Bron en Chassieu Eurexpo (bij Lyon) gewonnen. De ploeg van Ferretti was net iets sneller dan Castorama (met onder anderen Fignon, Riis, Leblanc en Marie) en de stoere Panasonic-eenheid (dat jaar met slechts één Nederlander, Marc van Orsouw) en na enig rekenwerk mocht Sörensen het podium opkomen om de gele trui aan te trekken.

De finish van de Italiaanse ploeg was spectaculair geweest. Zo'n beetje de hele ploeg ging hard tegen de grond en vier renners kwamen met achterstand op hun ploeggenoten binnen. Onder de gevallenen behoorde ook Sörensen die, in seconden gemeten, de schade beperkt hield tot slechts 16 tellen. Achter hem kwamen nog Argentin, Cassani (die ook al zwaar gevallen was in de proloog, twee dagen eerder) en Elli binnen.

Terwijl de soigneurs en mecaniciens van Ariostea ineens overwerk hadden, werd duidelijk dat de Deen de nieuwe geletruidrager was geworden en ontstond er toch nog enige jubel in het Italiaanse kamp.

Het hoe en waarom? Sörensen had in de proloog tijd verloren op de Duitse half-kopman van zijn ploeg, Rolf Golz, en leek dus niet meer de vooruitgeschoven man van zijn ploeg, een positie die hij zelf graag wilde.

In de eerste (korte) etappe van de Tour van dat jaar ontplofte het peloton. Er werd gereden rond Lyon en een flinke vuist vol goede renners brak de koers op brute wijze open. Sörensen was een van hen en in ziedende vaart ging het op de finish af. Golz had die slag verloren. Andere coureurs van naam, zoals Greg LeMond en Erik Breukink, waren wel mee in een etappe waarbij de gemiddelde snelheid op ruim 46 kilometer werd gemeten.

Sörensen kreeg dus in het kleine pretpark buiten Lyon zijn eerste gele trui ooit en zou dat kleinood nog drie dagen dragen.

Hamvraag: waar is de eerste gele trui?

Sörensen: 'Die hangt bij mij in de kamer. Keurig in een lijst. Dat was de trui die ik na de tijdrit aan kreeg. Ik heb er nog eentje bewaard, ergens op zolder in een koffer. Maar de belangrijkste trui van die Tour heb ik niet en dat zit me nog steeds dwars.'

Met Sörensen in het geel spoedde het peloton zich in vliegende vaart naar het noorden van Frankrijk. De twee volgende dagen waren de massasprints voor Dewilde (voor

Van Poppel en Ludwig) en Abdoujaparov (voor Ludwig en Kelly) en bleef de Deen makkelijk overeind. LeMond en Breukink stonden vlak achter hem in het klassement, maar beide ronderenners waren niet geïnteresseerd in het gooi-, smijt- en duwwerk dat in Dijon en Reims plaatsvond.

Zo ging het tijdens de zesde etappe ook weer in vliegende vaart richting Valenciennes. Het was wederom een relatief korte etappe (149,5 kilometer) en in de finale ging het gas vol open. Ineens, zonder echte aanwijzingen, werd er gevallen. 'Chute dans le peloton,' klonk drie maal snel achtereen door radio Tour, gevolgd door 'Chute, chute, le maillot jaune est chuté... Sörensen est chuté... attention... chute.'

Sörensen: 'Het was vier of vijf kilometer voor de finish en er werd enorm gevochten voor de goede plaatsen voorin. Het was warm, zonnig en ook stoffig. Ik probeerde uit het gewoel te blijven, maar ineens sloeg ik onderuit. Het was bij een rotonde... ik geloof dat er toen op wel drie plaatsen gevallen werd. Ik heb mijn fiets gepakt, voelde een stekende pijn in mijn schouder, ben opgestapt en heb de etappe in het peloton uitgereden, dat weet ik nog.'

Het koele klassement van de dag geeft aan dat een voluit sprintende Jelle Nijdam won en dat geletruidrager Rolf Sörensen als negentigste over de streep kwam. Met een gebroken sleutelbeen, zou later blijken. En dat fietst moeilijk.

De Deen: 'Ik ben naar het ziekenhuis gebracht, en daar heeft iemand de gele trui voorzichtig vanboven opengeknipt zodat de doktoren makkelijker aan mijn schouderblad konden voelen.'

Het verhaal gaat dat de gele trui in het ziekenhuis van Valenciennes is verdwenen. De renner weet niet meer hoe het precies gegaan is. 'Er stonden allerlei mensen om me heen, artsen, verpleegsters, mensen van mijn ploeg... het was natuurlijk een heel spektakel... de gele trui van de Tour lag daar op een brancard. Iemand heeft me toen geholpen die trui voorzichtig uit te doen en tot daar gaat mijn herinnering. Nee, ik heb er natuurlijk niet aan gedacht toen meteen op te treden, want ik stierf van de pijn en wist dat mijn Tour daar, in dat rottige ziekenhuis, stopte. Ik was uitgevallen in het geel, dat was ook wel iets speciaals.'

Wat gebeurde er met die trui?

Na vijftien jaar weet Sörensen het nog steeds niet. Heeft iemand stiekem dat ding meegenomen? Gewoon gejat? Een verpleger die in de ruimte was? Iemand van de ploeg? Is het tricot verknipt en gewoon in de afvalbak beland?

Sörensen: 'Volgens mij zat er alleen een knip in de schouder... het shirt moet er nog goed uitgezien hebben. Ik heb geen idee. Ja, ik heb de situatie nog vaak overdacht. Wie kan die trui toen meegenomen hebben? Het moet in de chaos van het moment gebeurd zijn. Ik hecht niet zozeer aan allerlei attributen van vroeger, maar deze trui had ik toch heel graag in mijn bezit gehad.'

Weleens gehoord dat er speciale truien op E-bay worden aangeboden en ooit gehoord of dit ook met jouw geel het geval was?

Sörensen: 'Nee, dat wist ik niet. Gebeurt dat werkelijk? Voor wie heeft zo'n trui dan werkelijk gevoelswaarde? Voor mij toch...'

Doe je er nog iets aan?

Sörensen: 'Nee, ik denk er nog weleens aan, maar ik laat het zo. Ja, het houdt me wel bezig. Ik heb mijn andere gele truien weggegeven, eentje aan een soigneur of een buurman en eentje voor een goed doel, maar deze had ik wel heel graag in mijn bezit gehad. Is er iemand die dat ding thuis heeft? Eigenlijk wil ik het weten ook... maar ik zal er nooit achter komen, ben ik bang. Goed dat ik die eerste trui in mijn huis heb hangen... maar toch. Die van die val was wel een heel bijzondere... verdomme... Ach, laat ook eigenlijk maar.'

Geel omdat het hoorde

Collega's zijn er weleens jaloers op: ik heb twee jaar, in de Ronde van Frankrijk, vlak naast Jacques Anquetil op een klein commentatorstoeltje gezeten. Sterker nog, ik heb behoorlijk wat met hem kunnen praten en hij heeft mij vreselijk veel geleerd.

Ik was een groen groentje en hij was ook niet op zijn plaats. Hij was ineens analist bij de Franse televisie, na een niet-geslaagd optreden voor de radio. Hij zat naast het boegbeeld van de Franse televisiejournalistiek, Robbert Chapatte, een type dat duizend maal bekender was dan Theo Koomen bij ons en een man die een heerlijke, nonchalante leefwijze paarde aan een grote arrogantie (typisch voor beroemde Franse haantjes zoals Chirac, Delon, Belmondo, Drucker, Holliday, Prost, Drut, Pompidou, Sartre en Killy) en later een niet te stillen lust had naar nicotine, drank en, soms, vrouwen.

Anquetil, de man die weinig zei in de lange reportages, leek me toen de geboren antiheld. Hij was aardig tegen ons, de mannen uit het noorden, maar vrij gesloten tegen zijn landgenoten. Soms kon je hem prikkelen met vragen waarover hij na moest denken. Hij was geen geboren verteller, had veel verhalen slechts fragmentarisch opgeslagen, maar kon, als hij er zin in had, toch buitengewoon boeiend vertellen. Hij deed dat dan voordat de reportage begon, met een kop koffie en soms een sigaret vrij ontspannen gezeten op zijn kleine stoeltje.

Toen ik hem voor het eerst zag, dacht ik dat Onze-Lieve-

Heer een Franse pendant van James Dean had gemaakt. Niet alleen fysiek, maar ook qua oogopslag, de manier van lopen, soms zelfs zijn wijze van kleden. Anquetil was een van de eerste mannen die ik consequent in korte laarsjes zag lopen. Dat imponeerde licht. Hij droeg vaak strakke broeken waarin het geslacht goed te zien was, open witte hemden en, bij kilte of koude, vaak een soort coltrui die je heel zelden ziet; stoer, strak, net niet verwijfd. En hij droeg een kammetje in zijn achterzak, een bruinzwart ding dat hij soms gebruikte als hij op het commentaarpodium was aangekomen na een lange autorit. Het hebben van een kammetje was een overblijfsel uit de jaren vijftig en zestig, toen het bij de standaarduitrusting van de renners had behoord.

Ik had, toen hij 'ons' podium slechts kort bewoonde, eigenlijk nooit helemaal door hoe groot deze man ooit was geweest. Hij had de ronde vijf maal gewonnen en had daarnaast natuurlijk nog een palmares die er wezen mocht, maar er was meer. Anquetil was een van de eerste sportmensen die ik van dichtbij meemaakte die groter waren dan hun eigen vertellingen, machtiger dan hun eigen geschiedenis en beroemder dan hun eigen spiegelbeeld. Hij was een levende legende.

Iedereen in Frankrijk kende hem, hij had een onvoorstelbaar interessant maar gecompliceerd liefdesleven, hij kon soms als een sfinx overkomen, maar was op andere tijden een warme persoonlijkheid die kon lachen en drinken met de mensen om hem heen.

Over dat liefdesleven is nooit alles gezegd en geschreven. Het leek een stilzwijgende afspraak daar in zijn bijzijn niet over te praten. Zonder ranzig te worden of de domeinen van de door mij gehate roddeljournalistiek te betreden: Anquetil vree met zijn eigen vrouw, later met haar dochter (uit een eerder huwelijk) en nog later met de vrouw van zijn zoon. Je moet heel sterk kunnen koersen om zulke slagen af te maken.

Hij kon dat. Renners die vroeger met hem reden, wisten te vertellen dat hij er niet voor terugdeinsde het piekuur te zetten, vijf kilometer voordat hij zijn landgoed opreed, om 'sterk te staan' in weer een krachten verslindende liefdesnacht.

Vrouwelijk schoon hoorde bij hem zoals ook het sjaaltje dat hij zomers droeg, zijn mooie en snelle auto's, zijn bijna schuchtere opstelling als hij ergens in gezelschap arriveerde en zijn soms dromerige blik.

Als deze Franse James Dean vrouwen met zijn mooie, lichte ogen aankeek, zag je een prachtige reactie. Vrouwen wilden zich afwenden, maar toch ook weer niet. Ze wilden weglopen, maar kwamen dichterbij. Ze wilden niets zeggen, maar begonnen te praten. Anquetil was niet anders gewend.

Chapatte vertelde me eens dat het voorkwam dat ze 's avonds in een hotellounge binnenkwamen en er op zijn minst twee ravissant mooie vrouwen zaten te wachten. Anquetil kende het patroon, hij negeerde de situatie en sloeg soms toe. Chapatte, lachend: 'Als hij mij de kruimels gelaten had, was ik Don Juan geweest.'

Anquetil hield van renners die de aanval kozen. Hij vond alleen-rijden een must voor iedere renner. Tijdrijden, zo vertelde hij me, was de hoogste vorm van zelfkastijding. Je moest harder rijden dan je zelf voor mogelijk hield. Je mocht onderweg geen vragen aan jezelf stellen en afstand en tijd telden eigenlijk niet; het was het grootse gevecht tegen jezelf en je eigen pijn. En Anquetil wist die pijn vaak de baas te blijven.

Ik vroeg hem ooit over zijn optreden in de fenomenale dubbelslag die hij in 1965 maakte, de onvoorstelbare Dauphiné-Bordeaux-Paris-saga. Die toont de grootheid van Anquetil. In zijn eigen woorden echter waren zijn prestaties van dat etmaal niet zo heroïsch als ik ooit gelezen had. Hij had op zaterdagmiddag de Dauphiné winnend afgesloten in een etappe waarin het voortdurend regende en waarin al zijn tegenstanders hem tot vervelens toe bleven bestoken. Het was immers bekend geworden dat Anquetil direct na de koers naar Bordeaux zou reizen, waar hij op zondagochtend half twee aan het vertrek zou staan van de monsterrit naar Parijs. Velen van zijn collega's vonden dit 'te veel van het goede'. Zij konden het rijden van die tweede koers zelf geestelijk en fysiek niet opbrengen, en ervaarden zijn gang als kleinerend. Daarvoor moest hij dan maar boeten.

Anquetil toen: 'Ze hebben de hele dag aangevallen in een koers die al beslist was. Het was de opstand van de kleine lieden, meer niet.'

Feit was dat hij, nadat hij even over vijven 's middags de Dauphiné winnend had afgesloten, de vijfhonderd kilometer naar Bordeaux half slapend aflegde, in de havenstad nog drie uur op bed ging liggen en vervolgens opstapte in een wedstrijd die hij voor het eerst reed.

Had hij in het oosten van Frankrijk zojuist een heel stel gefrustreerde renners achtergelaten, aan de westkust trof hij een klein groepje aan dat hem ook met de nodige argwaan bekeek. Zij vonden dat hun specialistische voorbereiding door Anquetil te kakken werd gezet. Hij kwam met klimmersbenen deze koers rijden, dat kon niet en als het wel kon, waren zij dan geen mietjes?

Hij vertelde me dat hij die nacht duizend keer heeft willen afstappen. Hij kreeg hulp van ploeggenoot Jean Stablinsky, en toen de finale van de moordende koers in de middaguren van de zondag begon, wist hij zich vast te bijten in het wiel van Tom Simpson, de als favoriet gestarte Brit.

Hij won solo de koers en niemand geloofde het. De renners die de Dauphiné uitgereden hadden niet en de mannen die met hem naar Parijs reden al helemaal niet. Hoe was dit in hemelsnaam mogelijk?

Hij vertelde me dat eerzucht hem dreef. Hij wilde gewoon zichzelf bewijzen en niet zozeer de anderen kleineren. Soms had hij dat soort momenten, zoals bij zijn poging het werelduurrecord te verbeteren. Men zei dat het onmogelijk was dat een mens op een fiets met een gemiddelde van meer dan 47 kilometer kon rijden. Hij deed het. Dat was in 1967 in Milaan, hij voelde al sleet op zijn spieren, maar grote eerzucht dreef hem naar de baan. Hij reed 47 kilometer en 493 meter en zag zijn record niet erkend omdat hij weigerde naar de voorgeschreven dopingcontrole te gaan. Hij legde uit dat hij het record had gereden om het record, en niet om ter verantwoording geroepen te worden door mensen die zich louter om regelgeving bekommerden.

Hij negeerde de dopingcontrole wel vaker, die net min of meer officieel aan het ontstaan was en internationaal toegepast werd. Want Anquetil, in al zijn grootheid, was natuurlijk in die tijd een gezond gebruiker, zoals iedereen dat was. Vooral amfetaminen, om langer sterk en alert te blijven, om de voortdurende vermoeidheid weg te duwen.

Ik twijfel er ook niet aan of hij had die bewuste Dauphiné-Bordeaux-Paris-dag zijn interne huishouding chemisch flink ondersteund, maar ik heb hem dat nooit gevraagd. Dat deed je namelijk niet bij renners uit die tijd, dat waren de ongeschreven wetten binnen de wielerwereld, terwijl het voor de broodnodige duidelijkheid misschien weleens bespreekbaar gemaakt had moeten worden.

Ik weet wel dat we ooit, in een groter gezelschap, een gesprek hadden over dopinggebruik en hij dat simpel afdeed met de woorden: ‘C’était á l’époque.’ Ofwel, dat was het tijdsbeeld, geen woorden meer aan vuilmaken, volgend onderwerp graag.

Zijn vijf Tourzeges haalde Anquetil op redelijk opvallende wijze. Hij won in 1957, bleef een jaar weg, werd derde in 1959, ontbrak nog een jaar en won vervolgens vier maal achter elkaar. Ooit vroeg ik hem of hij in de jaren dat hij wegbleef ook kans gemaakt zou hebben op de eindzege. Hij antwoordde met een hoofdknik, maar zei meteen: 'Ik was er niet dus ik heb geen recht van spreken.'

Toen hij zijn laatste Tour won stuurde de Franse televisie Leon Zitrone, zo ongeveer de beroemdste journalist van het land, om hem exclusief te interviewen. Zitrone, die oorlogen en kroningen van buitenlandse vorstenhuizen versloeg, de parade van 14 juli van commentaar voorzag en uitsluitend de groten der aarde voor de camera haalde, moest het tegen Anquetil afleggen. De wielrenner antwoordde in rustige, duidelijke zinnen en wilde van zijn presteren in de Tour helemaal geen show maken. Zitrone moest nederig door de knieën en Anquetil knikte hem minzaam toe. De Tour de France winnen leek meer dan het in feite was, zag je hem denken. Waarom al die drukte?

Een van zijn heimelijke geneugten was het ophalen van verhalen uit de tijd dat hij en zijn tegenstanders als sportieve rocksterren het hele jaar rondreisden. Ze hadden een 'on the road again-gevoel'. Zo was ik bij zijn vertelling over zijn afscheid. Anquetil reed zijn laatste wedstrijd in Antwerpen. Hij vertelde over de champagne die na afloop vloeide, over het feest en de lange nacht en over de vraag die de Franse radio hem had gesteld: hoe hij het toch aandurfde zijn slotwedstrijd in België te rijden en niet op eigen bodem? Of hij dan geen gevoel voor verhoudingen had?

'Dat heb ik wel,' had Anquetil koel geantwoord. 'Maar Frankrijk heeft geen winterbaan en het is nu winter. Dat is mijn antwoord.'

Die woorden hadden de volgende dag in alle Franse kranten gestaan. Het was van een geniale simpelheid: als je thuis niet kan rijden, doe je dat elders.

Niet veel later werd er besloten in Parijs een winterwielerbaan te bouwen.

Met onze landgenoot Jan Janssen moet Anquetil een goede band gehad hebben. Hij noemde Janssen 'mijn biervriend' en legde uit dat Janssen voor Pelforth reed en dat niets lekkerder was dan op een lange, droge, warme dag een koel flesje bier aan de lippen te zetten. 'Ik reed toen bij Ford France. Jan haalde dan bij de wagen twee flesjes, uit een koelbox. Dat was een traktatie. Dan vroeg ik Jan of ik iets terug kon doen. Hij antwoordde lachend: "Doe mij maar een klein autootje." We mochten elkaar.'

Van zijn geletruiverhalen zijn er een paar die er echt uitspringen. De Tour van 1961 duidde hij als 'een seizoen met goede benen'.

Hoewel Anquetil niet het eerste deel van de twee etappes van die dag won en puriteinen daarom nog weleens beweren dat hij de gele trui strikt genomen niet van het begin van de ronde tot en met de laatste dag droeg, hebben die puriteinen ongelijk. De eerste gele trui van die dag werd namelijk pas in de avond uitgereikt. De winnaar van de ochtendsprint, André Darrigade, droeg tijdens de individuele tijdrit van de middag geen gele trui.

Pas na de tijdrit werd de totaalrekening over de eerste dag opgemaakt en kreeg Anquetil de trui in Versailles. Hij had al dik vier minuten voorsprong op zijn landgenoot Groussard en in die hele ronde zou hij nauwelijks nog in gevaar komen.

Charly Gaul probeerde in de Alpen nog een bres te slaan in de overheersing van Anquetil en diens ploeg, maar verder dan een winst van 100 seconden kwam de Luxemburgse klimmer niet. Anquetil reed sterk en tot ergernis van de andere renners hadden de leden van de Franse nationale ploeg een ijzeren greep op het peloton. Monsieur Chrono maakte zijn naam waar toen hij in de grote tijdrit tussen Bergerac en Périgueux over bijna 75 kilometer iedereen op afstand reed. Zijn naaste belager die avond was Gaul geworden. Op riante afstand, dat wel, want de nummer twee stond op meer dan tien minuten achterstand.

Anquetil kon het zich permitteren zijn tweede ronde te winnen met slechts twee etappezeges, beide tijdritten. Voor de rest volgde hij zijn aanvallers (Gaul in de Alpen, Guido Carlesi op weg naar Antibes en Imerio Mattignan in de Pyreneeën) en werd lachend vier maal tweede.

Tot mijn verbazing vond hij zelf zijn tijdritzeges niet het belangrijkste. Hij legde me uit dat hij in de allereerste etappe (die dus door André Darrigade werd gewonnen in de sprint) de Tour gewonnen had door er meteen een geweldige snok aan te geven. Maar Anquetil werd achtste in de sprint! Hij legde uit dat de waarschijnlijke beslissing in de ronde van 1961 precies een kilometer of twintig had geduurd. 'Toen hebben we Charly Gaul op drie minuten gereden en hem meteen geheel moedeloos gemaakt. Dat heeft nooit iemand willen inzien, maar zo is het gegaan. Kijk de uitslagen er maar op na!'

En dan was er de knokronde voor Anquetil. De ronde waar hij voortdurend in de beugel moest en iedereen hem steeds maar aanviel. Het was de Belgische knecht van Rik van Looy, Edgar Sorgeloos, die me ooit het volgende verhaal uit die Tour vertelde: 'Jacques Anquetil had van die momenten dat hij leek in te slapen. Dan reed hij ergens achter in de groep en leek ongeïnteresseerd in wat er voorin gebeurde. Er reed een ploegje van wel vijftien man weg. Nee, wij hadden er niets meer te zoeken, want Van Looy was al afgestapt. Na enige tijd kreeg iedereen door dat het gevaarlijk spel voor Jacques was; twee of drie man uit de top van het klassement waren mee gesprongen en wij reden half tempo en verloren snel minuten. De Fransen hebben toen geprobeerd iets recht te zetten door mensen uit de kopgroep terug te laten zakken, maar Jacques zei tegen zijn ploegleider dat hij het zelf wel zou klaren. Wat hij toen gedaan heeft, vergeet ik niet snel. Het verschil was naar zeven minuten opgelopen en toen heeft hij zich aan de kop van het peloton gezet en is daar zeker dertig kilometer aan één stuk gebleven. Hij trok het hele peloton uit elkaar, bleef maar versnellen en wij zaten om hulp te smeken in het wiel. Ik meen dat er zeker vijftig man gelost werden uit het peloton en in zijn eentje reed hij door tot het verschil anderhalve minuut was. Dat kon hij... ons verschrikkelijk pijn doen. Echt, meer dan dertig kilometer alleen aan kop rijden tegen vijftig in het uur. En niet omzien hè. Niemand kon overpakken, wij waren al blij dat we het leven hadden. Hij was een heel speciaal mens, vergeet dat niet. Hij was soms lui, maar als het op serieus koersen aankwam, klopte niemand hem.'

En zo werd het rustdag in die ronde. We schrijven 1964 en de Tour staat stil in Andorra, waar de plaatselijke bevolking de volgers van de ronde een feest aanbiedt. Die avond is het gratis drinken voor iedereen en tot verbazing van velen mengt de grote Anquetil zich, samen met zijn vrouw Janine en zijn ploegleider Raphaël Geminiani, onder de feestvierende menigte. Anquetil laat zich de plaatselijke sangria smaken en maakt de kleine uurtjes van de nacht mee.

Ook daarin was hij groots; hij kon hard en gepassioneerd feesten, zelfs in de Tour.

De volgende ochtend vertrok het gezelschap uit het dwergstaatje en begon meteen de beklimming van de bij velen gevreesde berg, de Envalira. Anquetil had weinig geslapen, veel gedronken en was uiteraard niet in goeden doen. De Spanjaard Fédérico Bahamontes en Raymond Poulidor vertrokken al snel uit het peloton; Anquetil moest passen. Meerdere klimmers vertrokken en zelden had de ronde een grotere aanval op een geletruikandidaat gezien. Voor de goede orde, Anquetil droeg die trui toen nog niet. Het was Georges Groussard die het klassement leidde, Anquetil stond tweede op iets meer dan een minuut.

Toen het verschil tussen de kopgroep opgelopen was tot vijf minuten en de eerste flarden mist de renners tegemoetkwamen, kreeg ploegleider Geminiani een ingeving. Hij reed tot naast zijn kopman en gaf hem een bidon gevuld met champagne aan. 'Drink en ga rijden,' sprak de ploegleider, die wist dat er twee kansen waren: rijden of afstappen.

Anquetil kwam op de top van de gemene berg en schakelde meteen bij. Een steeds dikker wordende mist omringde de renners. Velen gingen gedurende de eerste kilometers van de afdaling bijna stapvoets naar beneden; Anquetil niet.

In één streep reed hij naar de tweede kopgroep, waar men omviel van verbazing. In een relatief korte afdaling had hij vijf minuten goedgemaakt; hij moest gek geweest zijn. Later zou een van zijn felle tegenstrevers, Henri Anglade, opmerken dat hij geluk had dat het mistig was en de auto's met groot licht naar beneden reden. Letterlijk in *l'Humanité*: 'Jacques is van autolichten naar autolichten gereden. Wíj hadden niets voor ons. Dat is zijn geluk geweest. Bij normaal weer had hij daar de Tour verloren.'

Geminiani na de etappe voor de Franse pers: 'Ik kan jullie er helaas niets over zeggen, want wij daalden voorzichtig om niet het ravijn in te rijden. Ik heb niets gezien, maar ik weet wel dat ik, toen we in het dal waren, als een gek heb gas gegeven om tot bij hem te komen. Hij had gedaald als een krankzinnige. Helemaal niemand had hem bij kunnen houden. Of het de champagne was? Wie weet.'

Anquetil haalde vervolgens Poulidor bij, die vervolgens direct lek reed en vlak erna viel. Van de goed voorbereide aanval op de positie van Anquetil was niets terechtgekomen. Maître Jacques keek om zich heen en regelde de finale van de schokkend spannende etappe. In subtiel verdeel-en-heersen was hij goed. Hij liet de winst aan wat Belgische vrienden en wist dat de doldwaze aanval van de klimmers onschadelijk gemaakt was. Groussard mocht nog even juichen, want Anquetil liet hem de trui tot de volgende tijdrit.

Dat daarna nog de zinderende beklimming naar de top van de Puy-de-Dôme kwam, waar Anquetil de strijd met de hard aandringende Poulidor alsnog dreigde te verliezen, is met gouden letters in het Tourboek geschreven. Kilometers lang reden beide Fransen naast elkaar omhoog. Ze spraken niet, keken elkaar niet aan en het wachten was op de eerste man die zou breken.

Van die beklimming bestaat een beroemde foto waar beiden bijna tegen elkaar hangen; schouder tegen schouder. Frankrijk (of althans zij die een televisietoestel bezaten) kon meekijken, want dit was precies de dag waarop de Franse televisie voor het eerst live bij een etappe aanwezig was.

Anquetil knakte als eerste en moest Poulidor laten gaan. De schade op de top was 42 seconden, maar Anquetil hield nog precies 14 seconden over op zijn grote rivaal in het algemeen klassement. Die avond vertelde hij aan bekende Franse journalisten: 'Als ik vandaag de trui verloren had aan Raymond, dan was ik naar huis gegaan.'

Nooit heeft iemand die uitspraak gesnapt, want iedere kenner wist dat de afsluitende tijdrit, van Versailles naar Parijs, voor Anquetil zou zijn, hoe goed Poulidor daar ook zou rijden.

Maître Jacques won inderdaad die tijdrit en dus ook de ronde. Hij had 55 seconden voorsprong op zijn diep gefrustreerde tegenstander. Anquetil zelf was tevreden. Hij had in één jaar de Giro en de Tour op zijn naam geschreven, hij was nu vijfvoudig Tour de France-winnaar en hoewel de sleet op zijn spieren kwam, leek hij nog steeds onklopbaar.

Ik herinner me nog een mooi moment met hem. Met zestien volwassen kerels zaten we opgehokt op een paar vierkante meter – wie sprak daar over het luxueuze bestaan van televisiejournalist? – te wachten op de eerste beelden van de etappe. Jacques had een goede bui, Chapatte naast hem nam een slokje koffie met whisky, Jean Nelissen stak de brand in weer een sigaar en ik vroeg Anquetil naar een prettige herinnering uit zijn wielerverleden.

Hij blikte even in de verte en zei toen: 'Misschien wel mijn olympische medaille.'

Ik moet hem verrast hebben aangekeken. Olympische medaille? Wie wist dat nog? Was dat bekend?

Hij ging verder: 'Toen ik uit Helsinki terugkwam wist ik zeker dat ik niet meer in de fabriek wilde staan en dat ik wielrenner zou worden.'

Op dat moment begon de uitzending en snel draaiden we ons naar onze schermpjes en begonnen onze reportages.

Later zocht ik het olympische verhaal in de boeken op. Jacques Anquetil besloot coureur te worden omdat hij, samen met zijn landgenoten Tonello en Rouer, op 2 augustus 1952 in Helsinki een medaille mocht ophalen voor de wegwedstrijd voor ploegen. Het was brons. Dat lijkt op geel.

Een paar weken nadat Anquetil overleden was, schreef een van zijn journalistieke vrienden, de in Frankrijk zeer hoog aangeschreven Emile Besson, een prachtig artikel in *l'Humanité*. Het was een mooi afscheid van een gentleman coureur die het nachtleven niet schuwde en die zo getalenteerd was dat hij grote aanslagen op zijn lichaam zelf wist om te buigen in grote prestaties.

Wat nieuw was in dat artikel was de mededeling dat Anquetil al twee maal in zijn leven gewaarschuwd was voor ernstige onvolkomenheden in zijn lichaam. Eerst was het een afwijking aan zijn hart. Zijn doktoren verboden hem nog op niveau te presteren. Anquetil antwoordde door drie koersen achter elkaar te winnen; twee daarvan waren tijdritten. Vervolgens kreeg de renner te horen dat hij waarschijnlijk kanker onder de leden had. Hij antwoordde zijn artsen: 'Daar kun je mee doorfietsen.' En dat deed hij ook. Nog jarenlang.

Hij werkte ook nog voor de Franse radio, daarna voor de televisie, hij had zijn eigen boerderij waar hij hard werkte in de fruitteelt, hij kreeg nog twee kinderen onder wie de zo gehoopte zoon – Dominique – en werd bovendien nationaal coach. Na al die levens werd duidelijk dat hij niet oud zou worden.

Vlak na de wereldkampioenschappen op de weg van Villach in Oostenrijk in 1987 (Stephen Roche won) liet Anquetil zich opnemen in een ziekenhuis. Hij vertrouwde de signalen uit zijn lijf niet. Vijftien dagen later overleed hij aan maagkanker, in de meest agressieve vorm, op 53-jarige leeftijd.

Verboden geel

Nog steeds doet het hem pijn. Hij heeft het eigenlijk nooit helemaal goed begrepen, maar bij stukjes en beetjes heeft hij de ware toedracht gehoord. Hij kan er verder niets meer mee, hij heeft zelfs nog wel begrip voor het standpunt van zijn toenmalige ploegleider Jan Raas.

Maarten Ducrot ziet om in lichte wrok. Negentien jaar geleden is het nu: hij reed virtueel in het geel en alles leek erop dat de Zeeuw kon toeslaan. Het feest ging niet door: 'Raas reed met zijn ploeg niet voor geel. Dat klinkt gek, maar zo was het. We hadden dat jaar Van Poppel voor het eerst in de ploeg en Raas had besloten dat we alles voor de sprinter moesten doen.'

De Tour van 1987 startte in West-Berlijn en veel renners gingen voorafgaand aan de proloog een kijkje nemen over de Muur. Ze zagen dat er camera's op hen gericht werden, maar omdat het vrije jongens waren en omdat ze zich veilig voelden aan de goede kant van de Muur, zwaaiden ze vrolijk naar de nors kijkende DDR-grenswachten. Ducrot en de zijnen deden dat niet: 'Ik was nog niet zo lang prof en als amateur had ik daar wel meer gereden, dus die nieuwsgierigheid had ik niet. Wat ik me nog wel herinner zijn de grote, groene parken waar we langsreden in de training. Dat viel me toen op. Berlijn was geen betonnen stad zoals New York. In mijn herinnering zijn we als ploeg niet naar die Muur gegaan. We reden erlangs op training, meer niet.'

Ducrot reed een gemiddeld goede proloog, hoewel hij dat zelf niet vindt: 'Helemaal niet. Ik kwam niet vooruit. Ik reed op de twaalf en stond stil. Ik kon harken wat ik wilde, maar ik vond het toen niet best, zelfs teleurstellend. Ik had 28 seconden achterstand op Nijdam, en dat dus op zes kilometer. Het was goed dat Jelle won. Ik had flink de pest in over mijn eigen rijden.'

De Tour bleef dat jaar lang in West-Duitsland. De passage door de DDR was een spannende voor alle volgers, want de autoriteiten daar wilden laten merken dat de Tour de France slechts de professionele tegenhanger van hun koers Warschau-Berlijn-Praag was.

Tijdens de etappe Karlsruhe-Stuttgart kwam er na enige tijd een interessante kopgroep tot stand. De ronde kende een recordaantal deelnemers, 207, dus de weg was vol.

Wegwezen was het devies voor renners als Da Silva, Maechler, Lauritzen, Nulens, Thurau, Yvon Madiot, Peeters, Lavainne, Breu en... Ducrot.

De laatste: 'We hadden de opdracht met alles mee te springen. Maar eenmaal in de kopgroep mocht ik niet meerijden. Zoiets is heel zwaar en doodvermoeiend. Veel liever had ik meegereden, desnoods op halve kracht, maar dat voortdurend achterin bungelen is heel vervelend. De consequentie was wel dat ik redelijk goed in het klassement kwam te staan, want er zat veel te veel kwaliteit in de groep en we bleven natuurlijk weg en er kwam geen massasprint. Nee, ik kon natuurlijk niet meesprinten, dat begreep ik wel. Ik liet me uitbollen.'

Toen werd het 7 juli en werd de zevende etappe verreden. Van Epinal (waar Ducrot twee jaar eerder de etappe gewonnen had) naar Troyes. Een typische oversteeketappe: niets bijzonders, alleen maar kilometers maken richting de andere kant van Frankrijk.

Ducrot: 'Er was een Fransman die vooruit ging rijden. Dat was, hoorden we later, om zijn familie gedag te zeggen, maar hij pakte flink wat voorsprong. Dus welke ploeg ging aan de leiding van het peloton rijden? Juist: wij. We pakten die jongen en passeerden hem op veertig kilometer van de finish, toen hij op zijn gemak het hele dorp waar we door reden een hand stond te geven. Omdat de vaart er toen goed in zat, kwamen we tot een groepje van vier of vijf man. Dat was verrassend. Ik reed in de jacht flink mee, zat vooraan in het peloton en er gebeurde iets. Ik keek om... niets. Wie er mee waren? Anderson, dat weet ik zeker. Mutter ook en nog een of twee man. In eerste instantie wist ik niet wat ik moest doen. Meerijden of afstoppen? Raas vond natuurlijk het laatste, want we wisten wat het devies voor de hele ronde was: alles op Van Poppel. Ik weet niet wat er achter ons gebeurde, maar ineens kregen we te horen dat we een minuut hadden, kort daarna twee minuten. Ik stond op iets meer dan twee minuten in het algemeen klassement, dus als ik nu mee zou rijden en volle bak zou aflossen... Ik heb dat gedaan en de volgende mededeling was drie minuten voorsprong.'

Even de officiële papieren erbij gepakt: Ducrot stond die ochtend twaalfde op 2.25. Dus?

Ducrot: 'Niets leek erop dat er meteen gereageerd werd achter ons. Eerst had Anderson op me zitten te vloeken in dat mooie Australisch van hem, dat ik mee moest rijden en zo, maar toen ik eenmaal volop mee ging doen, begreep hij het. Ik was de best geplaatste in het klassement... ja, dat gaf me een enorm euforisch gevoel. Het was niet erg ver meer en als ze achter ons de benen zouden blijven stilhouden... Joh, ik reed virtueel in het geel. Dat is iets ongelofelijks voor een renner! Je rekent je rijk terwijl je bezig bent de grote versnelling rond te rossen.'

Om een juist beeld te krijgen van wat er in het peloton gebeurde, vraag ik ploeggenoot Gerrit Solleveld daarnaar. De Sol is geen man van de Lange Leugen. Zonder lang na te denken: 'Raas gaf opdracht om te gaan rijden. Ja, volle bak.'

Maar jullie wisten dat Maarten vooruit was en misschien wel in het geel kon komen!

De Sol: 'Ja, dat wisten we. Raas wilde alleen anders. Hij zei dat we met de hele ploeg moesten gaan jagen om Van Poppel in stelling te brengen voor de sprint. Meer niet.'

En dus?

De Sol: 'Zijn we vol gaan rijden. Jammer voor Maarten, maar zo ging het.'

Terug naar de man die aan de leiding reed. Ducrot: 'Ik zag de voorsprong langzaam afnemen en nam aan dat andere ploegen aan het rijden waren geslagen. Ik kon me indenken dat de Carrera-ploeg de trui van Maechler wilde behouden en tegelijkertijd Bontempi wilde brengen. Ik was nog wel zo fris dat ik dat kon bedenken. Vier kilometer voor de finish was mijn droom kapot. Ik hoorde ze komen. In een stofwolk kwamen ze over ons heen, mijn eigen ploeggenoten in slagvolgorde aan de leiding. Ik wist niet wat ik zag.'

En wat dacht je toen?

Ducrot: 'Godverdomme... dat ten eerste. Ik had geen idee dat ze de hele jacht gedaan hadden, maar ik baalde wel.'

En de sprint?

Ducrot: 'Die heb ik nauwelijks meegekregen. Ik hoorde dat Van Poppel geklopt was. Bontempi won.'

Ik zeg dat Bontempi weliswaar de etappe won, maar een paar dagen later teruggezet werd naar de laatste (197ste) plaats omdat hij positief was bevonden.

Ducrot: 'Daarmee verras je me geheel. Heb ik nooit geweten. Wie won er dan?'

De Spanjaard Dominguez, voor Van Poppel en Lieckens.

Hoe ging het verder? Wat gebeurde er met de man die virtueel in het geel reed en er reglementair door zijn ploeggenoten uitgereden werd? Ducrot: 'Nog steeds wist ik niet hoe het allemaal gegaan was. Raas heeft niets tegen me gezegd.

Dat deed hij nooit. Hij sloot ons op in een hotelkamer om het uit te praten en liep zelf weg. Ik nam hem dat niet kwalijk, want ik kende zijn redenering: coûte que coûte voor Van Poppel werken.'

Was dat alles?

Ducrot: 'Nee, door de jaren heen kwam ik erachter dat er meer aan de hand was. Raas heeft me dat ook wel proberen uit te leggen. Niet in een gesprek, dat deed-ie nooit, maar in stukjes en beetjes. Ik begreep dat hij liever geen renners had die in het geel hadden gereden, want die zouden toch alleen maar meer salaris vragen voor het volgend jaar. Dat moet de kern van de zaak geweest zijn. Ik heb hem ook weleens horen zeggen: "Ja ja, en dan dik opslag vragen omdat je in de gele trui gereden hebt." Dat was zijn filosofie.'

Nog reacties gekregen van andere renners?

Ducrot: 'Ja, Van Poppel nam me apart. Hij zei dat hij het enorm lullig voor me vond, maar dat dit de orders vanuit de auto waren geweest. Hij had er ook niets aan kunnen doen. En verder heb ik het er de afgelopen jaren nog weleens met De Sol over gehad. Die vertelde me, ook in flarden, wat er gebeurd was. Hij had er ook een rotgevoel bij gehad, maar ja, Raas was de baas.'

Terug naar De Sol. Rotgevoel toen?

De Sol: 'Ja, best hoor. Martijn [de studentikoze roepnaam die Raas voor Ducrot had bedacht – M.S.] had die trui kunnen pakken. Toen dachten we er niet over na, we deden wat er gezegd werd. Als ik er nu eens wat rustiger over nadenk, dan wijs ik het af. Wat een klootzakken waren we eigenlijk!'

En dus eindigde Ducrot in Troyes op de nietszeggende 65ste plaats. In het algemeen klassement bleef hij twaalfde. Ducrot nu: 'Het is geen oud zeer dat me voortdurend nog pijn doet. Ik werd genaaid, maar zo waren de regels binnen de ploeg. Ja, ik heb het er best weleens moeilijk mee gehad, want Raas was zo rechtlijnig en zo weinig flexibel. Ik heb hem weleens verwenst. Maar ik had toch ook begrip voor de situatie. Zo'n kortstondige gele trui zei hem niets, die kostte hem alleen maar geld bij de nieuwe contractbesprekingen. Dus het motto "alles voor Poppel" was een mooi excuus.'

Het is nu negentien jaar geleden...

Ducrot: 'Ik heb het bandje van de NOS nog weleens teruggehoord. Dan hoor je Jean en jou zeggen dat er weer een nieuwe Nederlandse geletruidrager aankomt. Nou, mooi niet. Ik werd ongelofelijk genaaid, daar kwam het op neer.'

En verder die Tour?

Ducrot: 'Gek dat ik dat zeg, maar Raas had het goed gezien. Van Poppel won de groene trui in Parijs en ik ging twee dagen voor het einde van de Tour ziek naar huis. Ik werd 's ochtends wakker en zei tegen twee man die ik in de gang tegenkwam dat ik naar de start ging. Toen vertelden ze me dat de renners allang weg waren. Ik was zo moe dat ik pas na tienen in de ochtend wakker was geworden. Ik ben toen naar het station gebracht door een vertegenwoordiger van de sponsor, Ed van der Feer. Dat was het dan. Tour voorbij.'

Heb je nog steeds *hard feelings*?

Ducrot: 'Ja en nee. Dit soort dingen kun je in de Tour verwachten als je bij Raas in de ploeg zit. Aan de andere kant... ik reed virtueel in het geel, dat is een onbeschrijfelijk gevoel voor een renner. Als Sol en ik het er nu nog weleens over hebben, denk ik: wat een hufters waren het, maar tegelijkertijd weet ik dat ik in hun positie precies hetzelfde zou hebben gedaan.'

Damesfietsengeel

Nicolas Frantz moet waanzinnig sterk geweest zijn. Ik heb hem uiteraard nooit zien fietsen, maar op foto's ziet hij eruit als een beer, met hoge, krachtige jukbeenderen, lichte ogen, een scherpe mond, ietwat verwilderd maar toch gestileerd haar. Een grote man ook, mooi eigenlijk wel, trots, met ijdele trekjes. Vrouwen keken graag naar hem en dat wist hij.

Hij koerste in de jaren twintig, begin jaren dertig. Nederlandse coureurs hadden nog niet deelgenomen aan de ronde, dus de Tour telde hier nog totaal niet, maar het groot-vorstendom Luxemburg had in die dagen goede renners, die vaak in Frankrijk koersten en woonden.

Frantz was een van hen; een alleskunner die goed kon afzien. Hij reed zeven maal de ronde en was meteen bij zijn debuut al gevaarlijk (tweede). In zijn laatste ronde, die van 1932, eindigde hij kansloos als 45ste, op grote afstand van winnaar André Leducq. Zijn prestatie in de ronde van 1928 is onvolprezen. Hij tekende bovendien voor de meest humoristische vertellingen uit de geschiedenis van de Tour.

Hij was in 1928 een paar dagen voor de start in Parijs bestempeld als groot favoriet omdat hij de ronde van '27 had gewonnen, en hoe. Maar liefst veertien dagen aan één stuk had hij toen de gele trui gedragen en zijn voorsprong in Parijs bedroeg bijna twee uur op zijn naaste rivaal, de Belg Maurice De Waele.

In 1928 kwamen 162 renners aan het vertrek. Frantz won de eerste etappe, Parijs-Caen. Hij trok meteen zijn vertrouwde geel aan. Door voortdurend voorin te koersen, soms een etappe te winnen en altijd bij de eerste vijf van het dagklassement te eindigen, ging Frantz af op een memorabele zege: hij zou vanaf de eerste tot en met de laatste dag de gele trui dragen, een feit dat de Franse dagbladen in lange stukken bezongen. Een dergelijke suprematie had men in de geschiedenis van de ronde nog niet vaak meegemaakt. Vier jaar eerder had de Italiaan Ottavio Bottecchia ook de hele ronde geel gedragen, maar de overmacht van de Luxemburger leek groter.

En zo koerste hij op zijn tweede Tourzege af. De belangrijke etappe Metz-Charleville (159 kilometer) stond op het programma en voor de ploeg van Frantz, het sterke Alcyon, was het zaak de rangen gesloten te houden; hun leider kon haast niet meer verliezen.

Bij het passeren van een spoorwegovergang maakte Frantz echter een wat ongelukkige beweging met zijn fiets. Omstanders hoorden een brekend geluid: krak! Frantz gaf een schreeuw en stond even later naast zijn fiets: gebroken voorvork. *Merde!*

In die dagen bestonden geen algemene materiaalwagens, er waren geen reservefietsen en de regel luidde: zelf repareren of in ieder geval de zaak oplossen en op het eigen rijwiel of een vervanger daarvan verdergaan. Een renner mocht geen materiaal van een ploeggenoot aannemen en zeker niet diens fiets gebruiken.

Drie ploeggenoten – De Lannoy, Debusschere en Louesse – bleven op straat bij hun leider staan. Wat moesten ze doen? Een smidse zoeken, zoals destijds gewoon was, of moesten ze op zoek naar een fietsenwinkel? Een coureur mocht volgens de vernieuwde reglementen namelijk ook een nieuwe fiets aanschaffen, maar moest dat dan wel zelf regelen en bekostigen.

Een omstander wees het viertal naar een dichtbijgelegen winkel waar hij weleens een fiets te koop had gezien, en op een holletje ging men erheen. Het bleek een rommelwinkel met oude meuk, waar één kleine damesfiets aan de muur hing.

De drie knechten keken naar hun kopman en deze hief de ogen ten hemel. Moest hij op drie dagen van Parijs, in het bezit van de gele trui, de koers hier opgeven of moest hij op deze kleine damesfiets de wedstrijd vervolgen, vernederend of niet? Frantz was een trotse man, maar hij had weinig tijd nodig om in te zien dat decorumverlies hier niet telde. Hij knikte de pandjesbaas toe en liet de fiets snel rijklaar maken.

Eenmaal buiten kregen de ploeggenoten van Frantz de slappe lach. Hun leider, hun fiere kopman, zat daar met zijn benen opgevouwen ongelukkig te wezen op een veel te klein fietsje dat ook nog eens een koffiemachine van een versnellinkje had.

Op weg naar Charleville werd het viertal, dat al minstens een kwartier tijd verloren had op de kopgroep, luid aangemoedigd. Omstanders spraken van een uiterst merkwaardig, humoristisch tafereel: drie mannen op echte racefietsen en in hun midden de gele trui op dat kleine fietsje, dat uitgerust was met een grote lantaarn voorop en dikke spatborden voor en achter, en een enorm kleine versnelling waardoor Frantz als een gek moest trappen om zijn ploeggenoten bij te houden.

Er waren aanmoedigingen en er was ook hoongelach; Frantz onderging de vernedering gelaten. Zijn drie kameraden schermden hem als het ware af voor de verbaasde blikken van de toeschouwers in de finishplaats.

Met een achterstand van ruim 27 minuten arriveerde de geletruidrager balend en zwaar transpirerend aan de streep. De etappe was, voor de zekerheid zei men, gewonnen door zijn ploeggenoot André Leducq, die uiteindelijk tweede zou worden in deze ronde. Na de aankomst zou de Luxemburger het kleine rijwiel hebben afgestaan aan een helper met de woorden: ‘Dit ding wil ik nooit meer zien, geef maar weg aan wie het wil hebben.’

Drie dagen later won Frantz op zijn eigen, inmiddels gerepareerde rijwiel, op magistrale wijze de slotetappe naar Parijs. Hij had de hele ronde zijn gele trui niet hoeven afstaan.

Spaans geel

Martin Fédérico Bahamontes is een zachtaardig en lief mens. Broos ook, maar dat is de leeftijd. Bruin staat hem goed. Hij draagt vaak bruine pakken of jasjes. Hij lacht vriendelijk en knikt je gedag. Een aimabele man, zou je mogen stellen.

Was hij als renner ook zo? Er bestaan verhalen over een nukkige, soms zelfs vervelende coureur die Bahamontes heette. Hij plaste bijvoorbeeld ooit al fietsend in het publiek; wat hem overigens op een zware boete kwam te staan. Hij leek ook slordig; een van de eerste verhalen die je over hem dient te kennen is dat hij ooit naar de koers kwam en geen fiets bij zich had. Oei, vergeten!

Hij kwam ook weleens met espadrilles aan de voeten aan de start van een wedstrijd. Dat was niet uit vergeetachtigheid, maar omdat hij koersschoentjes gewoon niet lekker vond zitten. Ze knelden. En met de Spaanse sloffen had hij ook nog betere grip op de trappers, vond hij. De andere renners lachten zich rot om dat boerse gedrag, maar daar zat hij niet mee.

Hij kon inderdaad lastig en humeurig zijn, en bijna ongeïnteresseerd in zijn doen en laten. Ooit werd hem gevraagd waarom hij fietste. Hij antwoordde: 'Om Lorono voor te blijven,' en zo was het ook. Moeiteloos kon hij wedstrijden verliezen, maar zijn landgenoot en klimmer Jesus Lorono moest achter hem blijven. Hoe dan ook.

Van Bahamontes werd gezegd dat hij slechts geïnteresseerd was in het bergklassement en zijn manier van rijden toonde dat ook wel aan. Zijn befaamde ijspauze boven op een col in de Tour de France is beroemd. Hij reed prachtig een zware berg op, pakte daar de punten voor het bergklassement en ging, in afwachting van de andere renners, rustig een ijsje staan eten.

Dat laconieke gedrag werd hem niet overal in dank afgenomen, maar Bahamontes bleek in 1959 toch voldoende vrienden in het peloton te hebben om zijn Ronde van Frankrijk te kunnen winnen.

Hoe meer ik erover gehoord en gelezen heb, hoe duidelijker het me geworden is dat juist die Tour in het teken van 'de grote samenzwering' stond. Baha moet er in de begindagen weinig van gemerkt hebben, want hij reed op ruime afstand mee. Niemand keek nog naar hem. Het was zijn vijfde Tour, hij had al twee etappezeges op zijn naam staan en hij was misschien wel de beste klimmer in het peloton. Alleen Lorono accepteerde dat niet en de twee Spanjaarden streden begin jaren vijftig zeer scherpe duels uit, niet alleen in de Tour, maar zeker ook op Spaanse bodem.

De ronde van 1959 kreeg een onwaarschijnlijk sterke Franse nationale ploeg aan de start. Marcel Bidot, de ploegleider, maakte de fout heel veel kapiteins mee te nemen, want op voorhand werden Anquetil, Bobet, Rivière en Geminiani als 'leader' geafficheerd. Voorts waren er drie formidabele wegsprinters – Darrigade, Graczyk en Hassenforder – en waren er nauwelijks echte knechten, want Cazala, Everaerts en Privat waren zelf ook in staat te winnen. Dat werd bewezen in de openingsdagen van deze Tour. Darrigade won, zoals hij vier jaar achtereen zou doen, de openingsetappe en kreeg geel, en 'knecht' Robert Cazala nam de trui meteen over en bleef er een week in rijden.

Toen al zagen de beste insiders dat er iets 'gebeurde' in het peloton. De Franse kopstukken reden voor zichzelf en bepaald niet met elkaar, Bobet kwam zijn tweede ik voortdurend tegen en Gem kon niet meer mee met de top. Rivière en Anquetil deden op afstand mee en de beste (en meest frisse) Franse renner bleek lid te zijn van de regionale Centre-Midi-ploeg, ene Henri Anglade, een goede coureur die zich bepaald niet mocht verheugen in de directe sympathie van de topcoureurs in zijn land. Anglade was een allround coureur die op goede dagen de anderen flink pijn kon doen en dus werd er een 'coup' gepleegd.

De machtige Franse nationale ploeg bleek schaamteloos in de slag te gaan met Bahamontes, en daarmee reed men tegen landgenoot Anglade.

Het was Tourdirecteur Jacques Goddet die in die dagen schreef van een 'journée déconcertante', een verbijsterende dag, en de beroemde schrijver Pierre Chany tekende op dat hij een 'immense navet' had meegemaakt, een enorme prul van een dag.

Na de zeventiende etappe (Saint-Etienne–Grenoble) had Bahamontes de leiderstrui voor het eerst aangeboden gekregen. Hij had met zijn vriend en tegenstander Charly Gaul de etappe beheerst en iedereen op achterstand gereden. Het was een van die dagen dat Baha er zin in had en ook tot de finish doorfietste.

Het geel stond hem goed, maar ook toen was Parijs nog ver. Zeker met de zware etappe tussen Grenoble en Aosta voor de boeg.

Bahamontes had nóg een slechte eigenschap. Hij kon zich bijna nooit twee dagen achter elkaar voor een etappe 'zetten'. Eén dagje goed rijden was al genoeg voor hem, zo leek het.

Die dag moest er over de Galibier, de Iséran en de kleine St. Bernard gefietst worden en dat moest voor Bahamontes toch een soort speeltuin zijn. Dit was zijn domein, hier lag zijn passie.

Maar Baha paste al meteen toen de etappe zich ontplooide. Gaul, die volgens zeggen eerst nog tevergeefs bij de Spanjaard was langsgegaan om hem te vragen om mee te rijden, vertrok en kreeg de Fransoos Marcel Rohrbach mee.

Niemand reageerde. Bobet werd op achterstand gereden en zou net over de top van de Iséran opgeven.

In de afdaling van de Galibier viel Anglade tot twee maal toe, maar kwam steeds makkelijk terug bij de kopgroep. De Fransman had al wel vier minuten voorsprong op een groepje met Bahamontes en het veld lag verder geheel uit elkaar. Aan de voet van de Iséran deed zich een merkwaardig voorval voor. Eerst kreeg Gaul, even teruggepakt door een groepje kanshebbers, panne aan zijn rem en vervolgens reed Bahamontes lek. Tot ieders verbazing gingen Rivière en Anquetil rechtop zitten, foerageerden flink en dronken op hun gemak, wachtend op de terugkomst van de twee klimmers.

Vanuit de volgerskaravaan werd die actie met groot wantrouwen bekeken. Wat was hier aan de hand?

Inmiddels waren de Oostenrijker Adolf Christian en de Italiaan Michele Gismondi vertrokken. Niemand van de Franse ploeg keek naar die twee vreemde vogels; men had slechts oog voor Bahamontes en ook voor wat die kleine, duivelse Anglade daar in de kopgroep deed.

Ook bij de laatste beklimming was de intense samenwerking tussen de leden van de nationale ploeg van Frankrijk en Bahamontes evident. De Spanjool stond diverse keren op barsten, maar steeds weer waren er Fransen die hem terugbrachten in de achtervolgende groep. Het was niet eens meer combine, het was het zuiverste sportieve bedrog en Anglade begreep als eerste dat hij de gebeten hond was. De grote vedettes van het Franse wielrennen besloten op deze dag dat een bevriende buitenlander (overigens rijdend op materiaal van Fausto Coppi) belangrijker was dan een lid van een kleine Franse regionale ploeg.

Anglade werd keurig tweede in Parijs, maar nog jarenlang heeft hij zijn giftige pijlen afgeschoten op de renners van de nationale Franse ploeg. Zoals zo vaak misten die hun doel. Je kunt soms wel gelijk hébben, maar je krijgt het niet altijd. Topsport is snoeihard. Hoe hard de renner ook schreeuwde, hoe duidelijk zijn bewijs ook op de weg had gelegen, het hielp hem niets. Bahamontes verloor in de betreffende etappe slechts 47 tikken op zijn concurrenten en werd als het ware veilig binnengeloodst door zijn Franse vrienden.

De Spanjaard behield de gele trui en kwam de resterende dagen niet meer in de problemen. Anglade had zelfs nog het karakter om in de laatste grote tijdrit helemaal voluit te gaan, waardoor hij nog eens ruim anderhalve minuut van de Spanjaard afpikte, maar gefrustreerd en kapotgereden haalde de regionale renner Parijs met een achterstand van 4.01 op Bahamontes.

'De adelaar van Toledo', ook wel 'het muildier van Andalusië' genoemd, had dus zijn grote ronde gewonnen. Was Bahamontes nu louter een eendagsvlieg die geluk had gehad?

Nee. Klimmen kon hij; zes maal won hij de bergprijs. En fietsen kon hij ook. In 1956 al was hij vierde in het eindklassement geworden en in de jaren dat Anquetil zegevierde, stond hij keurig op het podium: tweede in 1963 en derde een jaar later. Was hier sprake van bedankjes voor 1959? Had hij nog openstaande rekeningen bij de heren van de Franse nationale ploeg? Het leek erop.

Feit was dat Bahamontes een bijzondere coureur was.

In 1965 was zijn wielerleven in de Tour voorbij. Anoniem stapte hij af. Toen zijn landgenoot Julio Jiminez dat jaar de bergprijs won, meldde Bahamontes aan de internationale wielerpers dat hij die ook zes maal had gewonnen. Of men zich daar wel even rekenschap van wilde geven.

Bonificatiegeel

De start van de ronde in 1992 was merkwaardig maar boeiend, en leverde de wielerwereld twee nieuwe namen op van 'toppers voor de toekomst'.

De fraaie stad San Sebastián opende haar poorten voor de Tourkaravaan en dagenlang was het feest in de oude stad. De Basken hadden de start aangegrepen om de wereld te laten weten dat men hier kon fietsen en kon feesten; de sluimerende bergreus Jaizkebel zou bovendien meteen al het klassement flink overhoopschudden en duidelijk maken wie goed was en wie niet. De trotse Basken gaven de rest van de wielerwereld ook nog een geschiedenislesje mee: in 1936 won de eerste Bask een etappe in de Tour. Het was Fédérico Ezkerra en hij deed het in Cannes.

En nu, in 1992, stond een nieuwe Bask klaar om geschiedenis te gaan schrijven, want Miguel Indurain had een jaar eerder bewezen dat hij de beste was en had in de Giro dit seizoen al zijn grote vorm getoond. Niet ver van zijn woonplaats Pamplona stond hij als grote favoriet aan de start voor zijn achtste ronde. Wie moest hem in deze Tour bedreigen?

De Zwitsers schoven heel voorzichtig een jonge, gebrilde man vooruit, ene Alex Zülle, nota bene pas professional geworden, maar een renner met panache die zeker in de bergen mee kon komen en ook een potentieel goede tijdrijder was. Hij was nog te jong om echt iets te betekenen in deze ronde, maar hij kon in ieder geval het vak goed leren. Hij moest eruit bij de eerste rustdag, had zijn ploegleider van tevoren meegedeeld.

De ETA, dat stond voor 'Euskadi Ta Askatasuna' ofwel 'Baskisch Vaderland en Vrijheid', was openlijk aanwezig bij de start, in de persoon van Herri Batusuna, lid van de politieke vleugel. Terwijl hij liet optekenen: 'Hier zal niets gebeuren, de wereld zal de pracht van het Baskenland zien,' begon het eerste duel tussen Indurain en Zülle.

De man uit Navarra haalde het in de proloog met twee simpele tikken van de klok en op zaterdag was San Sebastián te klein: Indurain had het geel in de eigen streek gehouden en in een uitgelaten sfeer gingen de renners de volgende dag 'en route' voor de eerste etappe, een grote lus door het wilde, mooie Baskische land.

Na ongeveer twintig kilometer lag er een heuveltje, de Alto di Orio, een bijna nietszeggend bergje waar het grote peloton aaneengesloten overheen zou trekken. Dacht men. Maar kijk, met een vinnige sprong waar de beroepspuntenzoekers Cipollini en Abdoujaparov geen antwoord op hadden, was daar ineens die jonge Zwitser. Zülle pakte niet alleen de zes bonificatieseconden, maar 's avonds bleek dat hij ook de gele trui won.

Later heb ik hem gevraagd of het gepland was. Zülle zei: 'Ja en nee. Ik stond op twee seconden achter Indurain, er lagen zes seconden op de straat klaar, dus het was meegenomen, maar ik heb me er tijdens de rit nooit mee beziggehouden. We wisten allemaal dat de Jaizkebel nog kwam en daar was ook ik bang voor. Die berg is onaardig voor iedereen. Als je geen goede benen hebt, ga je daar kapot.'

Dat bleek. Meer dan honderdtwintig renners verloren behoorlijk wat tijd. In drie grote bussen arriveerden ze, met respectievelijk 5.48, 7.25 en 11.16 achterstand. Voor het klassement telden ze direct al niet meer mee. Die ene, niet eens zo hoge maar wel vervelende berg bleek de eerste scherprechter in deze ronde.

Zülle kon makkelijk mee en eindigde in de buik van de eerste groep in San Sebastián. De Zwitser, die een Nederlandse moeder heeft, gaf na afloop een grappige persconferentie in zeker vier talen. Nee, hij had geen idee waar hij verder uit zou komen, maar deze trui was al mooi. Nee, hij had niet verder zitten rekenen in de etappe, hij had zijn hart gevolgd en had op een bergje aangevallen, dat was immers zijn natuur.

Een dag later raakte Zülle zijn trui kwijt aan Virenque, die in Pau voor zijn eerste gele trui ooit tekende. De Zwitser bleek te nerveus en eindigde in Pau op ruim twaalf minuten van de winnaar en zeven minuten achter een kleine groep met alle favorieten.

Deze eerste lessen deden hem flink pijn. In het geel weggereden worden is geen pretje. Hij mocht dan een talent zijn, hij was ook kwetsbaar. In een rommelige etappe, met nat weer, veel aanvallend werk en op een technisch moeilijk terrein werd Zülle finaal weggereden. Met stille trom vertrok hij in Pau naar zijn hotel. Er stonden geen journalisten op hem te wachten. Zijn 'jour de gloire' had slechts één dag geduurd.

Ruim een week later, bij de verschrikkelijke uithaal van Indurain in de tijdrit van Luxemburg, met een uitslag die met gouden letters in de Tourboeken genoteerd staat, verloor de Zwitser 'slechts' vierenhalve minuut op Indurain en was daarmee toch een van de beste tijdrijders.

Zijn eerste Tour duurde tot de twaalfde etappe; hij was te jong om verder te rijden, zeiden zijn begeleiders, en het talent Zülle verdween langs de achterdeur uit de ronde. Ook daarover hadden we het een paar jaar later.

Zülle: 'Ik had er begrip voor dat ik de ronde toen moest verlaten, maar het was wel moeilijk. Vanaf het moment dat ik fietste, wilde ik Parijs halen. Als je dan in het midden van de Tour eruit gehaald wordt, doet dat pijn. Ik ben naar huis gegaan met drie gele truien in mijn koffer. Die had ik toch maar.'

Zülle werd inderdaad een echte ronderenner. In 1993 reed hij zijn eerste ronde uit, een jaar later al werd hij achtste en in 1995 kwam hij dicht bij de positie van Indurain, die in al die jaren volgens menigeen op 'dodelijk saaie wijze' de Tour beheerste. Had hij in 1995 een kans?

Zülle: 'Eerlijk? Nee. Ik versloeg Indurain alleen op La Plagne. Dat was mijn eerste sprekende etappeoverwinning. In Parijs stond ik op vier minuten en een beetje, dat was heel goed. Niemand kon in die jaren van hem winnen. Tweede leek een heel goede prestatie.'

Hoezo 'leek'?

Zülle: 'Misschien was het ook wel goed, maar het was zo'n kansloze tweede plaats. Dat heeft me in die jaren opgespeeld. Ik kon wel de Vuelta winnen, maar niet de Tour. Ik heb overal etappes gewonnen, ik heb prologen goed gereden, ik heb in het geel gereden en ben nooit beter geweest dan tweede in de Tour.'

Ik vraag hem of hij zijn andere gele truien nog weet.

Hij knikt: 'In Hertooogenbosch [zo spreekt hij het uit – M.S.] won ik de proloog en was mijn Nederlandse familie trots en ik ook. Ik heb dat jaar drie dagen "gelb" gereden, maar het klassement was niet goed. Dan twee jaar niets, met die verschrikkelijke tijd in 1998 en dan weer kans in 1999.'

In 1997 viel Zülle snel uit. Hij werd vanuit de Tourkaravaan naar Barcelona gevlogen, waar zijn gebroken sleutelbeen werd gerepareerd. Een jaar later stond hij naakt en brilloos in een Franse gevangenis en moest hij de vernederingen van de Franse justitie ondergaan. Hij moest diep door het stof in de beroemde Festina-affaire, werd geschorst nadat hij toegegeven had (met andere renners minus Richard Virenque) dat er binnen de ploeg van georganiseerd dopinggebruik sprake was. In de Tour van '99 kwam hij fris terug, voor Banesto ditmaal.

Had hij daar niet moeten winnen? We weten inmiddels wel dat de zegereeks van Armstrong daar begon, maar wie werd daar tweede, en hoe? En niemand had toch ooit op Armstrong gerekend?!

Zülle: 'Ik werd tweede en verloor de Tour op één etappe. Nee, eigenlijk zelfs op honderd meter of nog minder. Een valpartij, dat was het. Nog altijd vind ik het onbegrijpelijk wat daar toen gebeurde. Als je de beelden terugziet, geloof je het niet.'

Het was de derde etappe dat jaar. Zülle was nipt verslagen door Lance Armstrong in de proloog van Le Puy du Fou. Negen jaar eerder was Indurain hem net voorgebleven, nu gebeurde het Zülle met de Amerikaan. Zocht de Zwitser overigens de volgende dag weer naar bonificatieseconden om toch in het geel te komen?

Zülle: 'Ik had daar geen enkele kans. Het waren de sprinters die voluit gingen. Ik was ook een andere renner geworden dan in 1990. Ik wachtte op mijn kans. Dat was in het *tijdfahren* van Metz en later in de bergen.'

Vervolgens gebeurde het. Op weg van Challans naar Saint Nazaire moest de befaamde Passage du Gois genomen worden, een niet zo brede weg opgebouwd uit betonblokken begroeid met algen, een paadje eigenlijk dat bij vloed onder water stond en dat nu, half opgedroogd, het bijna complete Tourpeloton opwachtte. In de papieren van die dag kun je het resultaat van een gewaagde grap van de Tourdirectie zien: tweeënzeventig renners konden ongeschonden over het glibberige paadje heen komen, dik honderd andere renners vielen, reden het water in, braken hun fiets, liepen schaafwonden op, schreeuwden moord en brand en moesten, nadat de fietsen uit elkaar getrokken waren, een hopeloze achtervolging inzetten.

Hier gold geen pardon of mededogen voor gevallen collega's. Het was het ik-tijdperk, ook in de sport, en de mannen die vóór de valpartij zaten, spurtten weg. Dit was goedkope winst, maar wel winst. Een grote groep woedende renners bleef achter, ogenschijnlijk midden op het water.

Een van de renners die achter de breuk in het peloton kwamen te staan was Zülle. Met zichtbaar chagrijn denkt hij terug: 'Het was *Irrenwerk* daar op die paadje. Er werd gevallen en ik stond te voet. We konden de anderen voor ons weg zien rijden. Het was complete chaos. Niemand kon erdoor. Pas na enige tijd hebben we opgestapt en zijn we gaan rijden.'

De Zwitser kwam die dag met een achterstand van zes minuten en drie seconden binnen in een grote groep boze, teleurgestelde renners. Behalve Zülle hadden ook andere kopmensen de slag gemist, zoals Michael Boogerd, Jean-Cyril Robin, Vladimir Belli, Ivan Gotti en Armstrongs eerste helper Tyler Hamilton. Hun klassement was naar de vaantjes. Zülle was, samen met al zijn ploeggenoten, niet in staat geweest het gat dicht te rijden toen de gevallenen weer in slagorde reden en mistroostig liet Zülle aantekenen dat hij valpartijen dan wel gewend was, maar dat dit wel een heel bijzondere was. Voor hem was de Tour in feite voorbij. Hij had geen enkel perspectief meer.

Bij de eindstand, opgemaakt in Parijs, staat echter te lezen: 1. Lance Armstrong, 2. Alex Zülle, op 7.37. *Best of the rest* dus.

In Parijs lachte Zülle als een boer met kiespijn. In Saint Nazaire stond hij nog kansloos op de 75ste plaats in het algemeen klassement, op 6.24 van de gele trui; in Parijs mocht hij op het podium komen.

Ik heb de hele Tour van dat jaar nog eens doorgenomen ten aanzien van Zülle en Armstrong. In 1999 begon Armstrongs tweede leven als coureur. Hier ook eindigde de laatste kans voor Zülle om de Tour te winnen. Hij was in Spanje twee maal de beste geweest (1996 en '97), maar zijn teller in de echt grote ronde bleef stilstaan op twee maal tweede.

Voor de aardigheid de Tour van 1999 van de nummers een en twee.

	Armstrong	Zülle
Proloog	1e	2de op 7 sec.
1e etappe	42ste	70ste
2de etappe	28ste	82ste op 6.03
3de etappe	24ste	59ste
4de etappe	70ste	79ste
5de etappe	70ste	98ste
6de etappe	116de	77ste
7de etappe	66ste	82ste
8ste etappe	1e	2de op 57 sec.
9de etappe	1e	2de op 31 sec.
10de etappe	5de	4de
11de etappe	31ste	53ste
12de etappe	19de	16de
13de etappe	36ste	39ste
14de etappe	60ste	50ste
15de etappe	4de op 9 sec.	2de
16de etappe	11de	10de
17de etappe	51ste	41ste
18de etappe	31ste	34ste
19de etappe	1e	2de op 9 sec.
20ste etappe	86ste	63ste

Dus?

Zülle: 'Het had heel spannend kunnen worden, daar ben ik zeker van. Dit was mijn laatste en misschien ook wel beste kans op de eindzege. Gek, maar bijna niemand weet dat nog. Deze Tour zal altijd de Tour van de terugkomst van Armstrong zijn voor iedereen. Maar wat als? Ik reed die ronde heel goed.'

Waar zijn je gele truien?

Zülle: 'De eerste heb ik goed bewaard. Ik was net prof en ik had hem al om de schouders. Inderdaad door een onbetekenende bonificatiesprint te winnen. Of Indurain dat wel goedvond? Ik denk het, maar ik weet niet eens of hij wist hoe het toen ging. Ik demarreerde hard de berg op, met sprinters achter me aan. Meer weet ik niet. 's Avonds kwamen ze me halen voor de huldiging. Ik had geel, zo eenvoudig was het.'

Ongewenst geel (2)

Eddy Merckx had zich in 1971 voorgenomen te stunten. Hij had gelezen over Romain Maes, ook een Belg en een renner die ooit het bijna onmogelijke had gepresteerd: de Tour van de eerste tot de laatste minuut beheersen. Overigens was Maes niet de eerste die dat deed, maar dat terzijde.

Maes, een kleine, tanige man, werd een volksheld in België in de laatste jaren voor en direct na de Tweede Wereldoorlog. Zijn café De Gele Trui, dat hij in Brussel uitbaatte, werd een bedevaartsoord voor veel fietsfanaten en het verhaal van de Tourwinst van de kleine Belg was zo fraai dat zelfs een op het oog koele sportheld als Merckx zich uitgedaagd voelde om ook een 'Romain Maesje' te bewerkstelligen.

Met de start in Mulhouse en een relatief korte ploegentijdrit als eerste deel van een triptiek, leek het mogelijk voor Merckx om in ieder geval in het geel de ronde te beginnen. Dat het later in de ronde erg moeilijk voor hem zou worden, was toen niet duidelijk en is ook niet relevant voor het verhaal van de tweede gele trui.

Uiteraard passeerde Merckx als eerste van de Molteniploeg de streep na elf kilometer ploegentijdrit, die in razende vaart waren afgelegd. Deel één was dus geslaagd. Hij lachte het publiek toe: de kannibaal had honger.

Er volgde een korte pauze voor de renners, die daarna moesten opstappen voor een korte rit naar Basel in Zwitserland. Het werd in Basel een massasprint met drie Belgen op de ereplaatsen: Eric Leman, Walter Godefroot en Guido Reybroek. Merckx eindigde attent in het middenrif van het peloton en behield zijn gele trui. Dacht hij.

Het woord is aan Rinus Wagtmans, Nederlander in dienst bij de Molteni-ploeg: 'We zaten bij elkaar en trokken schone spullen aan en daar kwam Lévitan de tent binnenlopen. Hij had de gele trui bij zich en riep zoiets als: "Je vous présente le maillot jaune," en Eddy zei tegen Lévitan: "Leg die trui maar over de stoel." Maar dat deed Lévitan niet. Hij bleef even staan en keek de groep rond. "Wat is er aan de hand?" vroeg Eddy, die dichterbij was gekomen, en Lévitan keek ons aan: "C'est Rinus Wagtmans, le porteur du maillot jaune," zei de Tourdirecteur en Merckx antwoordde: "U speelt toch niet met mijn voeten?" Lévitan schudde zijn hoofd en reikte mij de trui aan. De jury was eensluidend in haar oordeel. Ik was als twintigste over de streep gekomen en Eddy zat flink wat plaatsen achter me [opgezocht: 49ste – M.S.] en dus kreeg ik die trui omdat we precies gelijk in tijd stonden. Nou manneke, je had het gezicht van Merckx moeten zien. Daar viel niet mee te lachen. Hij brieste en was kwaad, want daar ging zijn mooie plannetje om van de eerste tot de laatste dag in het geel te rijden. En dan ook nog de trui te moeten afstaan aan een knecht, nee, hij was er niet goed van. Hij bleef de hele tijd zitten nukken.'

Weer werd de renners enige rust gegund, maar vervolgens was het koers, want deel drie van de eerste dag ging naar Freiburg, een rit van toch nog 90 kilometer. De Molteni's hielden alles bij elkaar en bemoeiden zich niet met de massasprint die zeker zou plaatsvinden. Gerben Karstens won voor Roger de Vlaeminck en Walter Godefroot, en na een lange dag zaten de renners bijeen: ploegentijdrit en twee ritten in lijn met een totale afstand van 160,5 kilometer. Het was, zeker gezien de tussenliggende rustpauzes, een pittig begin van de Tour geworden. En de derde gele trui? Die was weer voor Merckx.

De uitleg komt van Wagtmans: 'Begrijp me goed, ik vond het fantastisch dat ik die trui had. Dat is de droom van iedere coureur en dus had ik voor mezelf een heel goed gevoel.

Er knaagde echter iets binnen de ploeg en ik kon dat goed merken. Merckx was de kopman en de grootste renner van dat moment en ik was slechts een kleine knecht. Wat moest ik in die trui? Ja, voor mezelf gaf het een lekker gevoel toen ik opstapte voor dat derde deel, maar al snel begreep ik dat ik iets moest doen. Ik zakte langzaam terug in het peloton tijdens een klimmetje en liet me lossen. Julien Stevens kwam meteen bij me en bleef in mijn buurt rijden. Hij schold me uit: "Allez, gij kunde doch wel rapper trappen," maar ik schudde mijn hoofd. Ik moest een smoes bedenken om mijn zogenaamd slechte rijden te verklaren. Ik riep dat ik de verkeerde schoenen had aangetrokken en dat het niet sneller ging. Hij knikte en vloekte: "Zet verdoeme een tandje bij, gij kunt rapper," maar ik dacht: je kunt het me doen, ik vind dit de beste oplossing, en ik heb het peloton laten wegrijden.

Zo heb ik dus slim afstand gedaan van die trui, want die paste eigenlijk niet om mijn schouders. Later heb ik weleens gezegd dat je iets moet doen om in het geel te komen, maar ik had die trui eigenlijk voor niets gekregen. Ik was gewoon uitgebold in het peloton, meer niet.'

En hoe was de stand van zaken verder?

Wagtmans: 'Ik kwam op een goede minuut binnen en was de trui duidelijk kwijt. Dat knellende probleem had ik dus niet meer. Ik had alleen de hele tijd die scheldende Stevens naast me gehad. Dat hij dat nou niet begreep! Ik zeg je: Merckx begreep het heel goed, maar die zei er natuurlijk niets over. Of ik goed reed die dagen? Jongen, wat dacht je? Twee dagen later won ik de etappe naar Nancy. Ik klopte Hoban en Jiminez en bleef ook kort in het klassement staan. Ik had heel beste benen in dat jaar, ik voelde de trappers bijna niet.'

Heb je die bewuste trui nog?

Wagtmans: 'Ja, wel zeker. Hij hangt in de zaak van mijn zoon. In de ontvangstruimte, zodat mensen die daar binnenkomen hem goed kunnen zien. Voor een renner betekent de gele trui heel wat, dat mag dus ook getoond worden. Je mag zeggen dat die trui eigenlijk niet voor mij bestemd was, maar ik ben er maar wat trots op.'

Prelude op geel

Over welke gele trui van Eddy Merckx moet je het hebben? Zijn eerste? Zijn laatste? Zijn mooiste. Ik heb het hem eens gevraagd. Hij antwoordde met een blaasbeweging en de woorden: 'Mooiste? Mooiste?' en viel terug in een diep gepeins. Er kwam verder geen antwoord, behalve een krachtige schouderophaal. Hij wist het gewoon niet.

Ik vroeg of ik een voorzet mocht geven en memoreerde de etappe Orcières-Merlette naar Marseille in 1971. Hij knikte bedachtzaam en antwoordde gevat: 'Maar daar reed ik noch in de gele trui, noch verdiende ik die daar.'

Feitelijk gezien juist, maar er is meer.

Merckx zelf doet die etappe nog weleens af met de woorden: 'Ach, het gebeurde zoals het gebeurde,' maar er zijn rissen mensen die zich nog altijd het klamme zweet heugen. De burgemeester van Marseille besloot na deze dag bijvoorbeeld om die barbaarse Tour nooit meer binnen de stadsmuren te halen, wat ook anderhalf decennium niet meer gebeurde.

Het is belangrijk te weten dat Merckx daags voor de rustdag in Orcières-Merlette een geweldige draai om zijn oren had gekregen van Luis Ocaña, zoals hij nog niet eerder had gehad. Zwalkend had hij de laatste klim afgelegd, op grote afstand van Ocaña, die licht dansend omhoog was gegaan en een superdag had. Ook Lucien van Impe was Merckx voorbijgereden en kwam drie minuten voor de kampioen binnen.

Merckx, die zelden een matige dag had, laat staan een slechte, verloor in deze etappe een bijna dodelijke acht minuten en tweeënveertig seconden. De fris ogende Ocaña zou nog meer klappen gaan geven, dat moest haast wel, nu Merckx zo'n mentale dreun had gekregen. De Belgische wielerpers sprak van een drama en erger.

Wat weinigen in deze overweging meenemen, en misschien ook niet weten, is dat niet Merckx, maar onze landgenoot Joop Zoetemelk die dag uit het geel werd gereden. Joop had dat kleinood op schalkse wijze in Grenoble verdiend door attent te koersen, maar in het klimmersgeweld dat Ocaña en Van Impe ontketenden op weg naar Orcières-Merlette moest ook Joop passen. In de geschiedschrijving van de ronde wordt altijd over de schijnbaar onoverbrugbare achterstand van Merckx gesproken, maar het verlies van geletruidrager Zoetemelk mocht er die dag ook wezen: hij kwam net achter Merckx binnen in een groepje met Gösta Petterson, Thévenet, Labourdette, Guimard, Tomas Petterson en Agostinho. Al die mannen hadden negen minuten aan hun broek gekregen.

Bij het opmaken van de dagklassementen moest de jury een schijnbeweging maken. De renners die vanaf plaats 39 tot 106 waren binnengekomen (vermoeid, kapot, leeggereden) hadden eigenlijk allen uit koers genomen moeten worden, maar in samenspraak met de Tourleiding werd besloten daarvan af te zien. Drie man (Godefroot, Benfatto en Levati) waren echter zo ver achteropgeraakt, dat het generale pardon voor hen niet telde. Zij konden naar huis.

Merckx moet 's avonds op zijn kamer de woorden gesproken hebben: 'Ze zijn nog niet met me klaar,' maar zijn helpers hielden wijselijk de kaken op elkaar. Niemand in het altijd zo machtige Molteni-blok had de grote kampioen ooit zo slecht gezien. Hij had buitengemeen veel getranspireerd en had nergens de goede versnelling weten te vinden. Hij leek onevenwichtig en kwetsbaar.

Op de rustdag, volgend op het pak slaag van Ocaña, liet de wielerpers de beroemde Belg redelijk met rust. Men wist dat een boze Merckx geen vrolijke gesprekspartner was en men meed in eerste instantie het Molteni-hotel.

Merckx verzamelde zijn manschappen aan het einde van de ochtend voor een stevige training. De ploeg reed zwijgend de berg af en Merckx trok vervolgens goed door. De eerste veertig kilometer van de etappe van de volgende dag werden exact gevolgd en toen men omdraaide had Merckx zijn plan klaar: hij zou zaterdag in alle vroegte gaan aanvallen. Hij kende de vermeende zwakte van Ocaña (ietwat lui, zeker in de eerste momenten van een koers) en wilde dat uitbuiten.

Terug in het hotel besprak Merckx de tactiek met zijn ploegleider Albani en zijn ploeggenoten. Het leek gekkenwerk, maar Merckx geloofde in een verrassingsaanval. Hiertoe had hij sluwheid, durf en vrienden nodig.

Rinus Wagtmans dus, zijn Nederlandse helper die nog redelijk goede benen had en die bekendstond als een van de beste dalers van het peloton. Merckx besprak de mogelijkheden met Wagtmans en Jos Huysmans, een andere trouwe knecht. Het zou werkelijk een coupe moeten zijn: demarreren bij de start, meteen de afdaling in duiken en dan maar kijken wat er ging gebeuren.

Wagtmans hierover: 'Eddy vroeg me of ik in het peloton rond wilde gaan en een paar goede dalers wilde vragen om mee te helpen. Jos van der Vleuten stond te plassen en ik ben naast hem gaan staan en heb gevraagd of hij mee wilde werken in een snelle etappe, want dat we meteen zouden vertrekken.'

De Vleut heeft weleens geroepen dat je hem daar ook wat centen voor aangeboden hebt.

Wagtmans: 'Dat is niet waar. Wie was ik om met geld te gaan rammelen? De Vleut kon mooi hard fietsen, maar als hij fluit, liegt-ie nog. Er is nooit over geld gesproken. Ik vroeg het ook aan Gert Harings, die kon immers ook best dalen, maar die durfde geloof ik niet, want die heb ik nooit meer gezien die dag.'

Het vertreksein voor de etappe van wel 251 kilometer werd op de vroege zaterdagochtend gegeven. Het zou een traditionele overgangsetappe worden; rustig dalen, dan de vallei in en doorsteken naar de grote havenstad. Men verwachtte een dag van zeker zeven uur koers. De Tour zou in de Alpen, een aantal dagen later pas, misschien weer openbreken.

De start viel en de eerste demarrage was een feit. Het ging als in een flits. Zes, zeven, acht renners sprongen weg, de grote versnelling werd erop gegooid, je hoorde het kraken van de kettingen, er werd geroepen en nog harder doorgetrapt, bochten werden met piepende remmen genomen, nog twee renners sloten aan en de koers was ineens 'los'. Alles had een seconde of dertig geduurd, het was een explosie, alsof er een bom voor in het peloton was gegooid.

Wagtmans, in 2006: 'Ze zeiden later dat Ocaña nog een interview stond te geven toen de start viel en dat er uit het peloton geschreeuwd en geroepen werd. Dat hij snel op zijn fiets sprong en achter aansloot in het peloton, dat al totaal op drift was.'

Na vijf kilometer woest dalen had Merckx zijn eerste goede gevoel: hij was omringd door de twee beste dalers ter wereld, Lucien Aimar en Wagtmans. Aimar reed in de Sonolor-ploeg, zou dus eigenlijk de plaats van ploeggenoot Van Impe dienen te beschermen, maar deze truc stond de gehoekte Fransman wel aan: klein avontuur, licht gevaar en met verve ging hij mee in de wilde afdaling die Wagtmans had ingezet. Iets verder naar achteren vond Merckx nog twee knechten, Huysmans en Julien Stevens (die er volgens Wagtmans overigens later af moest na een lekke band) en twee Italianen van de Scic-ploeg, Luciano Armani en Enrico Paolini, niet geheel toevallig beiden flinke dalers. Van der Vleuten, in zijn Goudsmit Hof-shirt, volgde, de Peugeot-renner Robert Bouloux was aangesloten en met een korte, venijnige sprint was ook de Ocaña-knecht Désiré Letort het groepje binnengereden. Laatstgenoemde deed uiteraard niets en verbleef vrijwel de hele etappe in het laatste wiel van de voortjakkerende groep.

Na veertien kilometer afdaling was de voorsprong van de groep-Merckx opgelopen tot ruim anderhalve minuut en in het peloton hadden Ocaña en de groenetruidrager Cyrille Guimard besloten samen te werken. Ze vertegenwoordigden twee Franse ploegen en zetten hun knechten op kop van de grote groep. Rammen, was het devies, zo hard mogelijk naar beneden en in de vallei niet meer afgeven en het gat dichtrijden.

Na 45 kilometer ontstond er een eerste breuk in het peloton, dat onder leiding van de knechten van Ocaña tien seconden van de achterstand had afgereden. De volledige Spaanse KAS-ploeg werd gelost, met enkele andere renners die het tempo niet meer aankonden, zoals onze landgenoot Jan van Katwijk.

Een uur later was de volgende breuk een feit. Joseph Bruyère, weleens de eerste luitenant van de Molteni-ploeg genoemd, reed lek en zijn ploegleider wist niet meteen wat hij moest doen. Hij besloot de resterende Molteni-renners te laten wachten om Bruyère terug te brengen, wat dus nooit meer lukte, zo hard werd er doorgereden. Voor iedereen gold die dag: lek of een andere vorm van pech betekende eraf en nooit meer terug. Er is die dag ook helemaal niemand naar de wagens gereden om eten of drinken te halen. Niemand durfde dat, het tempo lag gewoon te hoog.

Het verbaasde Tour de France-publiek dat op deze vrije zaterdag langs de kant van de weg zat of stond, kreeg dus een groep van negen renners in een schicht te zien, dan anderhalve minuut niets, dan een groot peloton, in een lang lint getrokken, dan weer een paar minuten niets, vervolgens de groep-Bruyère, daarna weer stilte en tot slot een groep ploeterende en vloekende Spanjaarden waarin het heilige vuur allang gedoofd was; zij waren wreed gestoord in hun ochtendrituelen door die barbaarse Merckx.

De strijd duurde uren. Het verschil tussen de negen man en de groep-Ocaña-Guimard schommelde tussen de één en de twee minuten en heel voorzichtig gingen mensen binnen de Tourorganisatie zich zorgen maken over de aankomst van deze etappe. Men lag nu immers al een uur voor op het allersnelste schema en hoe moest dat allemaal bij het binnenrijden van een grote stad als Marseille?

Veel konden de organisatoren niet doen, want er was met de beroemde Franse slag gewerkt. Het was 1971, er was nog geen gsm, men gebruikte slecht werkende radioverbindingen, en de gehele organisatie, dus ook de gendarmerie, was verrast door de actie van Merckx. Niemand reageerde in de eerste uren op een adequate manier, men hoopte waarschijnlijk dat de storm zou gaan liggen, maar dat gebeurde niet. Het werd, kortom, chaos op de weg.

Merckx en de zijnen trokken zich daar helemaal niets van aan. Zij denderden voort in een schrikbarend tempo.

Wagtmans: 'Eddy zei nooit wat tegen ons in de koers. Hij keek je weleens aan en zijn blik was al voldoende, dan snapte je wat hij bedoelde. Schreeuwen deed hij al helemaal nooit, dus was het heel opvallend dat hij ineens wel met stemverheffing Huysmans terughaalde. Eddy wilde drinken en Huysmans dacht er goed aan te doen zich even te laten afzakken naar een volgauto, maar Merckx brulde hem toe dat niet te doen, want lossen betekende nooit meer terugkomen. En zo was het ook. We hebben urenlang kop over kop gereden, met steeds die Letort achteraan. Natuurlijk hadden we begrip voor de plaats van die jongen, maar ik geloof dat hij toch weleens meereed. Hij kon ook niet anders, zo'n zuigende werking ging er van de eersten in de groep uit. Je moest wel, we reden vaak tegen vijftig over de vlakke, warme weg. Eddy joeg maar door. Dit was zijn plannetje, dit was zijn rit.'

Hoe het daarachter ging, vroeg ik ooit aan Gerben Karstens. De Karst: 'We reden tegen de honderd in het uur naar beneden, dat weet ik nog wel. Wat een idiote afdaling hebben we daar gereden. Man achter man. Ocaña had even nodig gehad om zijn manschappen bijeen te krijgen, maar wij hebben net zo hard gereden als in de groep-Merckx werd gedaald. En dat is op het vlakke zo gebleven. Het was de hele dag volle bak, je mocht geen moment afgeven. Drinken halen? Vergeet het maar. Soms kwamen ze het verschil doorgeven. Het schommelde tussen de één en de anderhalve minuut. Nee, er is nooit een seconde afgegeven in die eerste groep, we zijn tot op de streep blijven doorrijden.'

Toen de koplopers Marseille naderden, gebeurde wat men gevreesd had. Er stond nog geen politieagent klaar, er was nog geen weg afgezet en Merckx en de zijnen denderden maar door. Volgauto's namen net als de renners een verkeerde tunnelingang, maar kwamen er wonder boven wonder ongeschonden doorheen. Vele toeschouwers en journalisten waren nog niet op de wielerbaan toen de negen binnenstormden. Jean Nelissen en Martijn Lindenberg van de NOS-televisie konden er mooi over verhalen. Dat ze in een geur van brandend rubber van de remmende banden door het verkeer van Marseille moesten scheuren. Dat het gewone verkeer nog over het parcours reed, dat mensen totaal verbaasd naar de Tourwagens keken, die zich levensgevaarlijk een weg door het verkeer baanden en dat er slechts een paar radio- en televisiemedewerkers op hun post waren toen de renners de baan op draaiden. Zelfs de mensen van de organisatie waren nog niet klaar; het zou immers zo'n vaart niet lopen, hadden de Fransen gedacht.

Veel vakbroeders zaten nog in de oude haven aan de lunch, zoals altijd gebeurde tijdens dit soort 'rustige' overgangsetappes en kwamen naar de wielerbaan toen de renners al zeker een uur binnen waren en er geen coureur meer te zien was.

Armani won de sprint voor Merckx, Aimar werd derde en Huysmans en Wagtmans lieten op het laatst lopen en werden op een achterstand van twee seconden geklokt. De twee knechten van Merckx hadden, samen met de kannibaal, het leeuwendeel opgeknapt; ze stonden met trillende benen op het gras; zoiets hadden ze nog nooit van hun leven meegemaakt.

De sprint van de woedend aanstormende groep werd gewonnen door Guimard. De achterstand bedroeg één minuut en 56 seconden. Het leek niets, maar het bleek een dreun te zijn. Eén minuut en 56 seconden.

Dat was alles. Daar hadden de mannen deze dag dus vol voor in de beugel gereden. Honderdzestien tellen. In een etappe van 251 kilometer, die verreden was met een gemiddelde snelheid van 45,351 kilometer per uur.

De renners stonden moe, dorstig, hongerig en bestoft op het middenterrein. Ze hadden nog nauwelijks door dat ze hadden meegewerkt aan een van de meest historische etappes in de Tour.

Het wachten was op de twee achterliggende groepjes. In het eerste peloton hadden 57 renners zich staande kunnen houden. De achterstand voor groep drie, groot 23 renners, bedroeg twaalf minuten en op bijna 35 minuten werden de laatste twaalf geklokt, de Spanjaarden.

Eigenlijk hadden ze uit de koers genomen moeten worden, maar zij kregen (weer) een generaal pardon: men zei dat het voor hen te moeilijk was geweest door het drukke verkeer te rijden. De Tourdirectie had een smoes nodig, want om zomaar een volledige ploeg eruit te gooien terwijl de Tour nog richting Spaanse grens trok...

De slotsom van die middag was dat Merckx nu op zeven minuten en 34 seconden van Ocaña stond: een schier onoverbrugbare achterstand. Wagtmans zag Ocaña na afloop staan. 'Hij was grauw en bleek, hij had enorm afgezien en was kapotgegaan. Renners kunnen van elkaar zien hoe ze ervoor staan en ik keek hem in het gezicht en zag dat hij te diep was gegaan, zijn gezicht had dezelfde kleur als zijn stoffige gele trui. Dat was voor mij een goed teken. Ik ben meteen naar Eddy toe gereden en heb gezegd: "Proficiat, u hebt vandaag de Tour gewonnen. Ocaña zit op zijn knieën, ik heb het zelf gezien." Eddy zei niets en draaide zich om. Hij had het begrepen.'

En wat gebeurde er verder? Een dag later versloeg Merckx zijn Spaanse rivaal met elf seconden in een individuele tijdrit in Albi. Ocaña beschouwde de elf seconden als een kleinigheid, maar feit was dat hij nogmaals geklopt was. Vele renners klaagden die dag over stijve spieren, ondanks de lange masseersessies van de voorgaande avond. Veel soigneurs uit die tijd kunnen met veel aplomb vertellen over die avond in Marseille. Hoe ze overuren hebben gemaakt, allemaal. Hoe alle renners met stijve benen en pijn in de rug op de massagetafel hadden gelegen.

Toen kwam de etappe tussen Revel en Luchon, met de beklimmingen van de Portet d'Aspet, de Col de Mente en de Col de Portillon. Het was naar weer bij de start; het regende en de bewolking hing laag. In de bergen zou het gaan spoken, wisten de kenners, en dat gebeurde inderdaad. De kleine Spanjaard Jose-Manuel Fuente van de KAS-ploeg reed alleen weg. Met de zegen van de anderen uiteraard. Hij mocht.

Guimard leek een goede dag te hebben en vertrok ook en Ocaña en Merckx beloerden elkaar. Waar Merckx aanzette, was Ocaña attent; hij liet het achterwiel van Merckx niet los. Hij klampte aan, Merckx voelde dat en Ocaña wist het. De twee kwamen bij Guimard en de afdaling kon beginnen.

Vier kilometer onder de top lag een moeilijke haarspeldbocht. Het donderde boven de berg, het regende hard, weerlicht schoot door de bomen heen, er stonden plassen op de weg en het waaide ineens ook hard. Het spookte op de berg.

De renners kwamen op de bocht af en Merckx voelde dat zijn fiets ging schuiven. De goede daler in hem stond op en met een gecontroleerde beweging zette hij de boel recht.

Achter hem hoorde hij krakend geluid: Ocaña had niet de tegenwoordigheid van geest om bij te sturen en tegelijkertijd verantwoord te remmen en sloeg onderuit. Merckx trapte door, kwam de bocht door, keek nog een keer om en zag dat Ocaña rechtop was gaan zitten.

Wat Merckx niet zag, was dat Zoetemelk uit de mistige regen hard aan kwam zetten en de Spanjaard ongewild frontaal aanreed. Weer ging Ocaña neer en ditmaal bleef hij liggen; de klap die hij kreeg doordat het voorwiel van de fiets van Zoetemelk hem midscheeps raakte, had alle lucht uit zijn lichaam weggedrukt. Hij lag nu naar adem te happen. Andere renners kwamen stapvoets langs en zagen de geletruidrager kermend op de grond liggen. Sommigen stopten even, anderen twijfelden, keken en trokken zich dan weer in gang.

Twintig minuten later werd Ocaña per helikopter naar het ziekenhuis van Saint-Gaudens vervoerd om onderzocht te worden.

Het apocalyptische deel van deze etappe leek achter de rug. De Tour verloor zijn leider in een kletsnatte bocht, waar afgewaaide takken van bomen deden denken aan een volle herfststorm. In het spookachtige licht van de koplampen van de passerende auto's stonden mannen in wapperende regenkleding het verkeer te regelen. Aanstormende renners werden gewezen op het gevaar te vallen, er klonk geschreeuw en gesnerp van politiefluitjes, je hoorde het geluid van een helikopter in de lucht, het bleef hard regenen en heel even was de Tour de France veranderd in een echte hel.

De renners gingen voort. Zoals altijd. Fuente reed een stijlvolle en mooie solo, Merckx werd tweede, in een groepje met Van Impe, Lopez-Carril, Aimar en Zoetemelk, en Guimard kreeg nog een minuut van Merckx aan zijn broek. In Parijs zou Merckx overigens ook de groene trui opeisen. De Kannibaal gaf geen cadeautjes van deze omvang weg.

Guimard was met Ocaña in de slag gegaan op weg naar Marseille, daar moest hij dan ook maar voor boeten.

Wagtmans kwam in een groepje op vier minuten achter Merckx binnen en hoorde wat er gebeurd was. Zijn ploeggenoten feliciteerden Merckx. Hij kwam weer in het geel te rijden en ze wisten allen dat ze op zaterdag de basis hadden gelegd voor deze onwaarschijnlijke putsch.

Niemand had Ocaña het ziekenhuis in gewenst, waar een gebroken sleutelbeen en flink wat kneuzingen geconstateerd werden. Hij had zijn fysieke mogelijkheden overschreden en kon waarschijnlijk niet snel genoeg meer reageren toen dat nodig was in de technisch moeilijke afdaling van de Col de Mente. Feit was dat Merckx weer op de troon zat, die hem alleen toekwam in zijn ogen.

Uit piëteit voor het uitvallen en de ernst van de verwondingen van Ocaña weigerde Merckx voor één dag de gele trui te dragen. Het was een gepaste hommage aan een gevallen strijdmakker.

In Luchon had hij nog een relatief kleine voorsprong op Zoetemelk, die tweede stond op 2.21, en op nummer drie Van Impe (2.51), maar in de nog resterende etappes maakte Merckx duidelijk wie de beste van deze ronde was. Hij won de etappe naar Bordeaux en gaf indrukwekkend rijles in de afsluitende tijdrit Versailles-Parijs. In stralend geel reed 's werelds beste renner iedereen op grote afstand. Agostinho op 2.36 en Wagtmans op 2.52 bleven nog redelijk dicht bij hem in de buurt, maar alle anderen bogen diep voor De Meester.

In Parijs werd Zoetemelk fraai tweede, let wel, negen jaar voordat hij de ronde zou weten te winnen. Zijn achterstand bedroeg negen minuten en 51 seconden, een verlies van zeven minuten in een week tijd!

Daarom vroeg ik Merckx hoe hij terugkeek op die geweldige etappe naar Marseille. Hij wilde niet meteen toegeven dat daar de basis voor zijn Tourwinst was gelegd en deed die dag eerst af met: ‘Het was iets speciaals, nog nooit meegemaakt eigenlijk.’ Later kwam hij erop terug: ‘Ik denk dat we daar Ocaña goed murw gereden hebben. Hij heeft die dag te diep in zijn reserves moeten graven en dat heeft hem kwetsbaar gemaakt. Ja, zo mag je het zien. Het was een goed gelukt tactisch spel van onze kant. *Bon*, zo gaan dingen in het leven, nietwaar?’

Waarna hij dit hoofdstuk uit zijn rijke Tourleven met een flauwe glimlach afsloot.

Geel in groen

Erik Zabel vertelde eens dat hij wielrenner was geworden omdat er bij hem op de worstelvereniging bijna niemand meer naar trainen kwam. Hijzelf wel, hij vond dat gestoei op de mat wel leuk, maar toen hij tien jaar oud was en de Muur nog overeind stond in Berlijn, moest hij toch een andere sport kiezen. Hij had geen tegenstanders meer.

Vol verwachting meldde hij zich aan bij de beroemde voetbalclub Dynamo Berlin. Trainers van die club, waar Stasi-belangen en politiek gedoe de basis voor het succes vormden, wezen de jonge Zabel echter af: voetbal was niets voor hem, hij moest maar op zoek naar een sport waarbij hij zijn hardheid en snelheid echt kon tonen.

En zo kwam hij op een klein racefietsje terecht en werd hij wielrenner.

Prof sinds 1992 en in 1998, bij de start van de naar Ierland uitgeweken Ronde van Frankrijk (in het thuisland heerste immers het WK voetbal en om publicitaire en ook televisieproductionele redenen was men naar het groene eiland vertrokken), was Zabel al een bekende, internationaal gewaardeerde renner. Als winnaar van Milaan-Sanremo had hij naam als afmaker na zware races. Hij was vooral sprinter en in de sprint was hij een week eerder Duits kampioen geworden. Hij was scherp en had er zin in.

Al twee maal had hij de laatste en belangrijkste groene trui in Parijs mogen ontvangen en ook dit jaar ging hij van start als grote kanshebber voor groen. Een andere kleur leek hem niet te passen.

Het was dat het WK voetbal in Frankrijk alle nieuws uit Dublin overvleugelde, want er was wel het een en ander loos in de wielerwereld. Heel voorzichtig druppelde nieuws binnen over een nog onbekende wielersoigneur die aan de Belgisch-Franse grens was aangehouden met grote hoeveelheden doping in de kofferbak van zijn auto.

Omdat het een Festina-auto betrof vroeg men in Dublin de ploegleider, Bruno Roussel, wat hij ervan wist. Roussel reageerde geprikkeld, zei van niets te weten en tijd nodig te hebben om zich te informeren over deze zaak. 'Wij missen hier niemand, alle wagens zijn hier,' loog hij glashard tegen *L'Équipe*.

In hetzelfde bericht werd Madame Marie-George Buffet, de Franse minister van sportzaken, aangehaald. Zij stelde: 'Ik heb inderdaad over de aanhouding van een wagen gehoord. We wachten nu de onderzoeken af. En wat ik vaker zeg, we moeten niet altijd het wielrennen nawijzen.'

Meer informatie kwam er niet. Er heerste, in de wolken boven de Tour, een schijnrust. Niemand leek te weten wat er precies gebeurd was.

Er verstreken twee dagen en de Ierse hoofdstad was een en al fietsvrolijkheid. Tot groot plezier van de vele fans won een Engelstalige renner, Chris Boardman, de proloog en van het vermeende dopingverhaal uit Lille werd de eerste avond niets meer gehoord. *All quiet on the western front...*

Zabel verloor in de korte proloog door Dublin 24 seconden en beraamde een plannetje voor de komende twee Ierse dagen. Waarom zou hij eens niet proberen...

Op zondag, voor een dolenthousiaste menigte Ieren, werd Zabel in een gooi- en smijtsprint verslagen door de Belg Tom Steels. Zabel pakte wel een bonificatie en omdat hij onderweg ook nog vier bonificatietikken had opgeraapt, kwam hij op acht seconden van het geel. In het algemeen klassement stond hij op zondagavond op de achtste plaats, één tel voor Steels op de negende plaats en drie seconden voor de Fransman Frédéric Moncassin op plaats elf. Boardman stond in het geel, Erik Dekker was na een vervelende val de grote verliezer van de dag. Hij stond laatste en was kwetsbaar.

Die zondagavond begreep ik uit de buik van het peloton dat de zaken rechtgetrokken waren. Ik luisterde goed, want hier zat een verhaal in. En waar kon ik dat verifiëren? Wat was er waar? Wie wilde er iets zeggen? Niemand. Iedereen zweeg als het graf.

Feit was dat het niet-verschijnen van de Festina-wagen met soigneur annex tovenaarsleerling Willy Voet voor nogal wat paniek had gezorgd in het hele peloton. Voet bleek niet alleen voor de eigen ploeg spullen te vervoeren.

Toen ik hoorde dat er vanuit Spanje, waarschijnlijk Bilbao, voor vervangende middelen was gezorgd (een peloton in nood handelt impulsief en vooral creatief, realiseerde ik me veel later) en dat men tevreden ging slapen, had ik een tipje van de sluier opgelicht gezien, maar ik kon het nergens bevestigd krijgen. De oester bleef stijf gesloten.

We keken weer gewoon naar wielrennen, we reden rechts van de weg in een land waar dat doorgaans verboden was, we moesten nog een volle etappe door het vriendelijke Ierland afleggen voordat we zouden oversteken naar het moederland van de Tour. Frankrijk stond in lichterlaaie na de zege van Les Tricolores en Zabel zon in zijn hotel in Belfast op een leuk plan.

De volgende dag liet hij zien dat hij niet alleen voor de kleur groen geboren was. Met volle overgave stortte hij zich op de drie tussensprints van de dag. Dat waren ongemeen felle competities waar met alle toegestane middelen geknokt werd. De eerste sprint ging bepaald niet door een glazen kast. In Waterford, na 52 kilometer, strekten de drie sprinters naast elkaar de armen: Steels, Zabel, Moncassin.

In die volgorde ook. Tegenslag voor Zabel, die de vierkante Belg nu dus voor zich moest dulden.

Bij de Kelly-sprint in Carrick-on-Suir, na 84 kilometer, moest er bijna een fotofinishapparaat aan te pas komen. Terwijl Boardman de Tour door een enge val via de achterdeur verliet en ook Dekker opgaf, werd de strijd om de gele trui uitgespeeld op de kronkelige, smalle Ierse straten.

De laatste sprint zou dus de beslissing moeten brengen. De streep lag in Youghal, na 151 kilometer, maar ineens was daar de Italiaan Fabrizio Guidi, die volop meesprintte. Steels was even niet te zien bij de eersten in het peloton. Zabel haalde het, Guidi werd tweede en Moncassin derde.

Simpel rekenwerk leerde dat Zabel nu virtueel in het geel reed, maar de eindsprint van Cork moest nog komen. Vreemd genoeg deed Zabel daar helemaal niet aan mee. Was alles beklonken? Vanuit zeventiende positie overzag hij het woedende sprintgeweld voor hem: Jan Svorada klopte Robbie McEwen met drie millimeter en Mario Cipollini werd briesend derde. Steels raapte geen bonificatie op (vijfde) en Zabel werd op het podium geroepen. Voor het geel, een kleur die eigenlijk niet bij hem hoorde.

Hij zei dat hij deze kleur toch ook wel mooi vond en dat zijn kans om geel te verdienen nog nooit zo groot was geweest als hier in Ierland. En om de Ieren nog meer te plezieren, zei hij dat het hem lol verschafte zijn eerste geel in dit groene land te hebben verdiend.

De Duitser kreeg weinig aandacht van de pers. Het was maandagavond, alle Tourvolgers moesten zich haasten om naar de veerboten te rijden die klaarlagen voor de oversteek naar Frankrijk en weinigen hadden tijd voor een nababbel met de nieuwe geletruidrager.

Zabel was een dag later zijn gele trui kwijt aan Bo Hamburger, na een etappe waar de sprinters gefopt werden door een groepje van negen aanvallers dat een minuut voorsprong op de streep overhield. Op 16 juli, na de etappe Cholet-Chateauroux, was alles weer bij het oude. Zabel reed weer in het groen. Niemand dacht nog aan die eerste, zo historische gele trui van de man uit Berlijn.

De volgende dag ontplofte de Tour de France. De bom heette EPO. Niemand wist iets en iedereen dacht bijna alles te weten. En de Tour ging voort, weliswaar beschadigd en mank en stinkend, maar men reed door. De renners zwegen in alle denkbare talen.

Geel in de koffer

Joop Zoetemelk is Nederlands recordhouder: tweeëntwintig maal heeft hij een gele trui mogen ophalen. Dus is hij de aangewezen man om mee te praten over geel. Maar ai, Joop en truien. Joop en praten?

Ja, hij weet de verhalen die erbij horen nog wel, maar waar die verrekte dingen nou precies zijn, dat is wat anders. Op zolder? In een kast? In de garage? Hij moet toch eens op zoek gaan. Een paar jaar geleden heeft hij dat nog gedaan. Toen vroegen ze erom en ach, Joop is nooit te beroerd om iets te doen als anderen dat vragen. Hij heeft er toen een paar weggegeven. Maar waar die koffer of die doos of die tas nu precies uithangt? Hij weet het niet.

Het antwoord past bij hem: 'Goh, waar zouden die truien zijn? Weet je, ik heb daar nooit iets mee gedaan,' is van een onversneden Zoetemelkiaanse schoonheid. 'Ik heb daar nooit iets mee gedaan.' Nee, natuurlijk niet. Je rijdt hard en je verdient zo'n trui. Wat moet je er dan verder nog mee doen?

Joop: 'Zo heb ik er altijd tegenaan gekeken. Je rijdt in het geel en de volgende dag is het een ander. Einde verhaal. En een jaar later rijden er weer anderen in, meer is het niet.'

Tegen deze nuchtere opvatting valt niets in te brengen. De verhalen dan maar. Weet hij nog wanneer hij voor het eerst de trui aan mocht doen?

Joop, zonder aarzeling: 'Ja, in mijn tweede Tour. Dat was na de etappe in Grenoble. Ik reed die dag goed. Dat was een vreemde Tour, want later werd dat een duel tussen Merckx en Ocaña, maar ik was wel degene die Merckx uit de trui reed.'

De feiten. Joop stond hoog in het klassement. Hij reed dat jaar voor Mars, met onder anderen de broertjes De Vlaeminck. Het was de ronde van Merckx, maar toen er tussen Sient-Etienne en Grenoble hard en tactisch sterk gereden werd, slopen er toch een paar man bij Merckx weg.

Joop: 'Het was een warme dag. We waren met een klein groepje... Agostinho reed heel goed, Thévenet, die de etappe won, was mee en een van die Petterson-broers, ik meen Gösta. Ik kreeg die middag mijn allereerste gele trui. Of ik die bewaard heb weet ik niet. Het zou kunnen. De herinnering aan die trui is er wel, heel sterk zelfs. Het was heel wat om Merckx uit het wiel te rijden in die dagen, maar om hem ook nog uit de trui te rijden... Dat telde.'

Ik vraag of hij de trui serieus verdedigd heeft.

Joop: 'Nee. We reden de dag erop meteen omhoog. Start in Grenoble. Agostinho en Ocaña reden als eersten van ons weg. Van Impe sprong nog mee en ik-zei-de-gek. Merckx kon toen al niet volgen. Dat was op de Côte de Laffrey, even buiten Grenoble. Ik heb er een tijdje aangehangen, maar het was Ocaña's dag. Niemand kon hem volgen. Ik ging er later als derde van het groepje af, Van Impe is nog iets langer blijven aanklampen, Ago ook. Ocaña reed ons allemaal op een hoop die dag. Je kreeg toen twee dagen later die rit naar Marseille, weet je nog?'

Waarin Ocaña zichzelf waarschijnlijk over de kop heeft gereden?

Joop komt, geheel in tegenstelling tot vele andere getuigenissen (filmbeelden en geschreven en vertelde verhalen), met een heel andere invalshoek: 'Nee hoor. Ocaña heeft het toen te gemakkelijk opgevat. Hij dacht dat hij die minuut achterstand na die afdaling wel dicht kon rijden, maar dat heeft hij stom genoeg verzuimd.'

Dus het was eerder luiheid dan onvermogen?

Joop: 'Volgens mij wel.'

Weet Joop nog meer dat niet in de bekende boeken en verhalen heeft gestaan? Ik pluis verder en vraag hem naar de beroemde val van Ocaña tijdens de afdaling van de Col de Mente.

Jij reed toen op hem in, toch?

Joop: 'Ik kon hem met geen mogelijkheid ontwijken. Er was een parkeerplaats in de bocht en daar rolde ik op. Ik had hem geraakt toen hij wilde opstaan en nadat hij weer was gevallen kwam Agostinho er nog eens overheen. Die kon ook geen kant op. Daarna zijn we allemaal opgekrabbeld en rustig naar beneden gereden. Een soort geneutraliseerde koers.'

Maar Fuente was alleen vooruit!

Joop: 'Die was een paar dagen eerder op anderhalf uur binnengekomen of zo. Die had allang naar huis moeten zijn.'

Terug naar de gele trui.

Vertel het verhaal van je laatste trui eens?

Hij lacht. 'Dat was eigenlijk de een na laatste, om eerlijk te zijn. Dat was mijn Tourzege in 1980. Ik had die dag uiteraard in een gele trui gereden en die had ik dus onder de laatste trui aan, die je op het podium kreeg. Ik heb toen van alles moeten doen, persconferenties, naar de dopingcontrole, weer televisie en toen ik in het restaurantje kwam waar ik me kon verkleden heb ik die twee truien uitgedaan. De laatste heb ik in mijn tas gestopt. Die andere, waar ik dus de laatste etappe in gereden had, had ik in mijn handen toen Ruud Bakker [de Raleigh-soigneur – M.S.] me riep. Hij zei: "Joop, moet je kijken, al die mensen buiten onder het balkon." Toen ben ik met die trui naar buiten gelopen. Ze begonnen "Jopie, Jopie, Jopie" te roepen en toen heb ik die gele trui in het volk gegooid. Ik heb later iemand ontmoet die nog een stukje van die kapotgetrokken trui in zijn bezit heeft en dat stukje tot zijn dood zal bewaren. Dat zei hij tenminste tegen me.'

En die laatste gele trui, die van de laatste huldiging, het bewijs dat je de eindwinnaar van de ronde van 1980 bent, waar is die?

Joop: 'Ik denk dat ik die nog wel ergens heb. Die zou best eens in een koffer kunnen zitten. Weet je, ik gaf die truien meestal weg. Als iemand dat 's avonds in het hotel kwam vragen, dan wilde ik niet de lulligste zijn. Waarom ook niet... alsjeblieft. Dan gaf ik zo'n gele trui aan een soigneur of een verzamelaar. Als ik die mensen daar nou een plezier mee kon doen, dat gaf toch ook een goed gevoel?'

Heb je nog speciale gevoelens bij andere truien?

Hij blaast en zegt dat hij er zich niet eentje kan herinneren.

Enige tijd later gaat de telefoon. Joop. Hij heeft nog eens na zitten denken over gele truien en de verhalen erbij, en er is er nog eentje die toch wel speciaal voor hem was.

Voor den dag ermee. Wanneer?

Joop: 'In 1973. Scheveningen. Ik won de proloog met iets van een halve seconde voorsprong op Poulidor. Dat had heel misschien zijn enige gele trui ooit kunnen zijn, maar ik was een metertje of twee sneller. Dat is wel een trui waar ik lang heel trots op geweest ben. In Nederland de eerste trui van de Tour pakken, dat telde. Ik herinner me nog de toejuichingen van het publiek. Dat deed me geweldig goed. Misschien dat die trui ook nog wel ergens is.'

Weet je het echt niet?

Joop: 'Nee, kijk, een trui is maar een trui. In die tijd kreeg je alleen de trui van de huldiging, daar kon je dan de volgende dag schoon in starten. Als je er eentje met lange mouwen wilde hebben, moest daar speciaal om gevraagd worden. Tegenwoordig krijgen renners die het geel pakken er een stuk of vier. Om uit te delen of om aan goede doelen te schenken. Toen niet.'

Heb je die trui in 1973 met hand en tand verdedigd?

Joop: 'Nee, daar hadden we de ploeg helemaal niet voor. Ik zat toen bij Gitane. We reden de volgende ochtend naar Rotterdam en daar was ik 'm alweer kwijt. Dat vond ik wel jammer, want het deed me wel wat om in het geel door mijn eigen land te rijden.'

Weet je nog wie je die trui afpakte?

Joop: 'Was dat niet Teirlinck... maar die was hem 's avonds ook weer kwijt. Ik meen aan Van Springel.'

Het behoeft geen betoog dat deze feiten niet opgezocht of gecontroleerd hoeven te worden. Joop zegt dat het zo was en dus was het zo.

En voor diegenen die het toch willen opzoeken: laat maar. Joop kent zijn klassieken. Hij weet alleen niet waar hij zijn gele truien gelaten heeft, dat is alles.

Verkocht geel?

Hoe je de loopbaan van Jan Janssen ook bekijkt: het is imponerend om te zien waar hij gewonnen heeft. Klassiekers? Ja, van Parijs-Roubaix, via Zürich naar de monsterrit Bordeaux-Parijs. Rittenkoersen? Parijs-Nice, Vuelta, Tour de France. Wereldkampioenschappen? Ja, in Sallanches, in 1964. Truien? Van alles, in alle maten en kleuren. In La Grande Boucle? Groen en geel. Niet om zich te ergeren, maar omdat hij ze verdiende. Hij was de beste.

Veel geel? Nee, dat is het merkwaardige. De gebrilde Nootdorpenaar (deze prachtige aanduiding is een erfenis van de Jan Cottaar-Bob Spaak-sportjournalistiek uit de jaren zestig) droeg in Frankrijk gedurende één etappe geel en hij kreeg de trui nogmaals op het allerbelangrijkste moment in zijn carrière: na de laatste etappe van de Tour van 1968.

Die beelden kennen we allen, zij het dat we het geel nooit goed gezien hebben omdat de televisiebeelden in zwart-wit waren. Het gezicht van de half huilende Janssen, samen met ploegleider Ab Geldermans (die ook twee gele truien in zijn kast heeft) op de schouders van Nederlandse wielerfans in Parijs, blijft mooi.

Janssen is de eerste Oranjeklant die een groot sportfestijn als de Tour wist te winnen en met zijn zege gaf hij de Nederlandse sport een enorme *boost*. Hij woonde op dat moment in Frankrijk, maar het wielrennen leefde enorm op toen Janssen in 1968 zijn trui in Holland kwam tonen. De criteriums puilden letterlijk uit.

Die gele trui op de slotdag werd verkregen na een thriller. Zijn duel met de 'brave' Herman van Springel, de Belg, is klassiek te noemen. Janssen kreeg pas in Parijs zijn tweede gele trui ooit, zonder er een etappe in te rijden. Hoewel Janssen nooit waarde hechtte aan leiderstruien en ze niet verzamelde maar eerder opborg (en dan vergat), is die trui uit 1968 hem lief en moet dat ding in Nederland blijven. 'Ik heb hem in bruikleen gegeven,' zegt hij, want iedere Nederlandse sportfan mag die trui zien.

Minstens zo boeiend zijn de gebeurtenissen rond zijn eerste gele trui. Janssen wordt daar zelden of nooit naar gevraagd; het is een onbekend verhaal uit de rijke wielergeschiedenis.

Het verhaal begint met een etappe waarin Janssen als derde finishte en die bepalend was voor de rangorde binnen de Tour van 1966.

Het zou die dag tussen Bayonne en Pau een strijd worden tussen Jacques Anquetil en Raymond Poulidor, zo wist iedereen. De twee Franse helden stonden op het punt de hegemonie van Rudi Altig, die bijna anderhalve week in het geel had gereden, te doorbreken. Anquetil was vriend van Altig en was wel van plan om ergens te gaan aanvallen, maar niet deze dag. Poulidor wist dat waarschijnlijk niet en lette te veel op zijn grote plaaggeest van de afgelopen jaren.

Die dag gebeurde er van alles. Er vond een zogenaamde *échappe bidon* plaats, een uitlooppoging waarvan men op voorhand wist dat die geen resultaat zou opleveren. Negen renners vertrokken al vroeg, Altig stuurde zijn knecht Tomasso de Pra mee en verder reden De Wolf, Elorza, In 't Ven, Messelis, Fezzardi, Schleck (de vader van Amstel Gold Race 2006 winnaar Frank Schleck), Stablinsky en Cazala het avontuur tegemoet.

Na goed honderd kilometer werd duidelijk dat Anquetil niet wilde, Poulidor niet kon en Altig het wel goedvond. En zo reden in vijf verschillende groepjes in totaal 26 renners uit het peloton weg. Onder de ontsnapten bevonden zich

Lucien Aimar, Jan Janssen en Karl-Heinz Kunde, allen ronderenners van allure en zeker mannen voor de top van het klassement.

Nog steeds deed Anquetil niets, nog steeds paste Poulidor zich aan en nog steeds vond Altig het wel best, alhoewel hij nu ineens zijn landgenoot Kunde voor zich wist, met wie hij niet op goede voet stond.

De Spanjaard Diaz maakte een ongekende sprong naar de kopgroep. De klimmer reed in zijn eentje een gat van zes minuten dicht. De groep met Janssen, Kunde en Aimar bleef moeiteloos uit de greep van het grote peloton. In deze groep hadden ook onze landgenoten Cees Haast en Arie den Hartog een plaats gevonden. Eerstgenoemde zou een grootse finale rijden en naam maken als klimmer uit de lage landen; Den Hartog moest er in de finale af met nog zes andere renners.

Terwijl de Italiaan De Pra de etappe won zonder een meter op kop te hebben gereden behalve de laatste vier van de rit, won de groep-Janssen maar liefst drie minuten en veertig seconden op Anquetil en Poulidor en ruim vijf minuten op Altig. Janssen stond ineens op de tweede plaats in het algemeen klassement. Achteraf bleek het eindklassement van de ronde die middag op het befaamde autocircuit van Pau al in een ongekend vroeg stadium te zijn voorgevormd.

Acht dagen later werd de etappe Bourg-d'Oisans-Besançon verreden, een relatief korte rit, maar wel een zware exercitie over drie monstrueuze cols. Zij die niet konden volgen, gingen hier letterlijk ten onder. Liefst 32 renners werden aan het eind van de dag uit de strijd genomen. En Janssen?

Gravend in zijn geheugen: 'Ik moet zeggen dat ik die dag een tikje geluk had. Altig en Kunde waren geen vrienden, dat wisten we allemaal. Altig had allang afstand gedaan van het geel, maar wilde nog wel even zijn landgenoot, die toen in het geel reed, pijn doen. We kwamen in het dal tussen de

Croix de Fer en de Galibier te zitten en Kunde had het moeilijk. Toen heeft Altig geweldig doorgetrokken. Die reed niet voor eigen winst, maar alleen om Kunde te doen verliezen. Ik was mee met Altig, vrij makkelijk eigenlijk, en dat is de basis van mijn eerste gele trui geweest.'

Terwijl Anquetil in de klim van de Galibier voor het eerst Poulidor een loer probeerde te draaien, was Kunde weggevallen door de actie van Altig en zaten de twee andere grote kanshebbers voor de eindzege, Janssen en Aimar, nog bij elkaar. Terwijl Haast zwaar kwam te vallen (opgewacht door Henk Nijdam, waarna ze samen te laat binnenkwamen, maar een pardon van de jury ontvingen), deed Janssen goede zaken door bij de groep achter Anquetil aan te klampen en veilig in Briançon aan te komen.

Janssen: 'Dat was dus mijn eerste gele trui. Ik heb eigenlijk twee maal geluk gehad. In die etappe naar Pau en doordat Altig, met die enorme zijwind in dat dal, Kunde een poets wilde bakken. Ik vond het best, want de eindzege van de Tour kon toen nog naar twee man gaan: Aimar of ondergetekende. Poulidor viel nooit goed aan en Anquetil is op het laatst nog afgestapt in die ronde. Hij had het wel gezien, zeker toen zijn vriend Aimar in het geel kwam. Ja, zo zat het ook in elkaar, er speelden allerlei belangen en relaties een rol in die Tour.'

Hoe verloor Janssen zijn trui al na een dag?

Na een rustdag in de uitlopers van de Alpen zou de etappe tussen Briançon en Turijn niet meer worden dan een echte overgangsetappe. Dat wist iedereen. In Montgenèvre naar beneden en bij Sestrières naar boven en dat was het.
Janssen: 'Er waren er wel wat gedemarreerd, maar dat mocht van mij, dat waren kleine coureurs, ongevaarlijk voor het klassement. Ik had het aangezien en zat een beetje te eten en te drinken achter in de groep. Ik was met Jacques Anquetil aan het praten toen Nijdam zich ineens liet terugzakken en naar me riep: "Weet je dat Aimar gedemarreerd

is?" Ik keek Jacques aan en die zei natuurlijk niets... Ik riep Maurice De Muer, onze ploegleider, en vroeg of hij iets gehoord had via de Tourradio. Hij zei: "Non," maar even later was hij terug. De radio was in *panne* gevallen en Aimar was inderdaad al een tijdje weg met een paar goede renners bij zich.'

Zo werd Janssen dus in het pak gezet. Hij kon rijden wat hij wilde, maar hij kwam geen streep dichter bij de Fransman, die in Turijn de gele trui van hem overnam. Overigens vond er nog een opmerkelijk incident plaats in de Italiaanse aankomstplaats. De Belg Van Springel bereikte met honderd meter voorsprong op zijn medevluchters het stadion, maar druk gebarende Italianen (politie, organisatoren) slaagden erin de Belg de verkeerde kant van de baan op te sturen. De Italiaan Bitossi (hé, vreemd) reed wel goed en won. Protesteren had geen zin.

Janssen: 'Ik had goed de pest in en ik geloofde dat verhaal van die kapotte radio ook niet. Ik ben meteen naar De Muer gegaan en heb hem gevraagd hoe dit kon. Was er meer aan de hand? Ik heb hem op de man af gevraagd: "Zit je in de slag met Geminiani?" maar Maurice bezwoer me dat dat niet zo was. Dus liet ik het zo en heb de Tour uitgedaan. Of ik nog een kansje had? Ik moet eerlijk zijn, als ik echt goed was geweest, had ik Aimar in de slottijdrit nog kunnen en moeten bijhalen, maar dat lukte me niet. Het beste was er bij mij af. Ik had een achterstand van een minuut en een paar seconden, weinig maar genoeg om te verliezen.'

Maar toch, dat gevoel van in Turijn, dat wilde er bij Janssen maar niet uit. Hij bleef door de jaren heen het idee houden dat hij officieel geflikt was. Op een dag reed hij door Frankrijk, niet ver van de woonplaats van De Muer vandaan. Janssen: 'Ik ben naar zijn huis toe gereden. Het was jaren later, ik was al tijden geen coureur meer en hij geen ploegleider en ik ben voor hem gaan staan en heb het hem nogmaals uitgelegd. Ik heb hem gezegd dat als hij getoucheerd had, hij mij nu ook wel iets mocht geven. Want als er verdiend was aan die trui van Aimar, had ik daar dus ook recht op. Maar hij bezwoer me bij alles dat het echt een kapotte radio was geweest. Ik moest niet twijfelen, dat was de waarheid.'

En hoe denkt hij erover anno 2006?

Janssen: 'Ik weet het niet. Een klein onbelangrijk groepje weg, gesloten peloton erachter, ik in de gele trui achterin, babbelend met Jacques, en ineens Nijdam die me komt waarschuwen dat Aimar ontsnapt is. Nijdam dus, niet eens mijn ploeggenoot, maar een landgenoot. Kun je nagaan! Ik denk nog steeds met een slecht gevoel aan die dag terug. Het heeft me toen wel geleerd dat de geletruidrager altijd voor in de groep moet rijden. Altijd.'

Waar heb je die eerste gele trui, Jan?

Janssen: 'Al sla je me dood. Ik weet het niet. Het was zo'n zware wollen trui. Niet mooi. Geen flauw idee waar die gebleven is. Iemand zal 'm nog in zijn bezit hebben, neem ik aan. Maar ik niet.'

Gebroken geel

Zijn *claim to fame* stelde eigenlijk niet veel voor, al had hij dagenlang een heldenrol gespeeld op de warme Franse wegen. Paginagrote foto's van de man in het geel met een van pijn vertrokken gezicht, scheef zittend op de fiets. Geen grote palmares, geen grootse zeges. Frankrijk stond wel langs de kant van de weg te juichen als hij langskwam. Een martelaar van de 'tricolores', een sportman die op 18 juli 1983 zijn fiets aan zijn soigneur gaf en in zijn gele trui in een ambulance stapte. De kruisweg van Pascal Simon was ten einde. Zonder sirenes te hoeven aanzetten, reed de chauffeur van de ambulance zijn vrachtje behoedzaam naar Alpe d'Huez. Daar werd inmiddels Laurent Fignon door de wielerfans toegejuicht: de Tour had een nieuwe geletruidrager, naar de oude zag niemand meer om. *End of the story*.

Simon was een vrij goede renner, die van 1979 tot 1991 in het profpeloton rondreed en slechts drie koersen won. Twee etappes in de Tour de Haut Var, één etappe in de Tour de France 1982, en dat was het.

Hij maakte echter grote naam in de ronde van 1983. In de Pyreneeën was hij boven komen drijven. In de etappe van Pau en Luchon, waarin de echte klimmers Robert Millar en Pedro Delgado geweldig reden, kwam Simon na een loodzware dag als derde binnen. Hij pakte het geel en bleek in het algemeen klassement een voorsprong op Fignon te hebben van bijna vijf minuten.

Historisch waren zijn woorden die avond: 'Ik denk dat dit een mooie basis is voor een eventuele eindoverwinning.'

Hij zei het met droge ogen, want de euforie van de trui en zijn verrassend grote voorsprong hadden hem veel zelfvertrouwen gegeven. Hij kon klimmen en een beetje tijdrijden, maar was hij werkelijk goed genoeg voor de eindzege?

Een dag later, na het verlaten van Lannemezan, werd er in het peloton ineens bruusk geremd, gevloekt en ook gevallen. Via Radio Tour klonk het een aantal maal, bijna angstaanjagend: '*Chute, chute, chute du maillot jaune, attention, chute!*'

Ineens was het chaos op de smalle, warme weg. Fietsen werden uit elkaar gerukt, renners stonden vloekend op, er werd op elkaar gescholden en te midden van de achterblijvers stond daar de man in de gele trui: Simon.

In eerste instantie werd aangenomen dat een kleine onhandigheid van de recht vóór de gele trui rijdende Bernard Bourreau de oorzaak van de valpartij was. Bourreau, ploeggenoot van Simon en een steengoede knecht, heeft altijd beweerd dat hij niets aan de valpartij kon doen. De Fransman wees de beschuldigende vinger naar de Amerikaan Jonathan Boyer, die een schouderduw had uitgedeeld aan Bourreau, die daardoor zijn evenwicht had verloren, met als gevolg de tuimeling van een tiental renners achter hem. Simon zei zelf dat hij geen idee had hoe hij opeens onder een berg fietsen terechtkwam.

Feit was wel dat de drager van de leiderstrui verdwaasd op de weg stond. Hij greep naar zijn linkerarm en de eerste indruk was direct: sleutelbeen. En dus ook: einde wedstrijd.

Simon werd snel geholpen door dokter Gerard Porte en hees zich voorzichtig op de fiets. Hij had pijn. Ploeggenoten brachten hem terug naar het peloton en 's avonds in Fleurance werden er röntgenfoto's van de schouder van Simon genomen. Het sleutelbeen bleek intact te zijn gebleven, maar de artsen concludeerden dat het schouderblad van de coureur een flinke optater had gekregen en scheuren vertoonde. Geen volledige breuk, maar wel een blessure die de sportman ernstig zou gaan hinderen in de uitoefening van zijn beroep.

Vervolgens kreeg de wereld gedurende vier dagen het drama Simon in beeld. Vanaf het moment dat hij zich bij de start meldde totdat hij naar bed ging had hij cameramensen en journalisten om zich heen: Simon was in één klap een held van het Franse sportvolk geworden.

De Tour ging door, renners wonnen en verloren, maar het verhaal van Simon was veruit het belangrijkste nieuws van deze ronde geworden. Het leek wel of de Franse pers de kluts kwijt was. Overal verschenen foto's van de geblesseerd rondrijdende Simon, radio en televisie hadden aparte 'Simon-reportages' en de rest van de wereld keek met grote ogen toe.

Simon had in Fleurance een persconferentie belegd die hij had afgesloten met de bijna beroemde woorden: 'Je suis prêt à souffrir' ('ik ben er klaar voor om te gaan lijden') en dat was bepaald niet tegen dove journalistenoren gezegd. Hij werd meteen held. Iedere dag een beetje groter, hoewel van zijn mooie voorsprong op Fignon ook iedere dag een schijfje afgehaald werd.

Na de klimtijdrit tegen de Puy de Dôme op, waar Simon zijn voorsprong met de moed der wanhoop verdedigde, had hij nog steeds de trui. De man kon afzien, dat was duidelijk, dat sprak aan.

De Peugeot-ploeg waar hij voor reed, had nog nooit zo veel belangstelling gekend en de knechten leken goed te begrijpen hoeveel aandacht de pers had voor Simons gekneusde schouderblad. Omdat hij met één arm niets kon doen, waren er renners aangewezen die hem voortdurend bij moesten staan. Zo viel Frédéric Brun de eer ten deel zijn 'drinkhulp' te zijn. Hoe dat eruitzag? Gewoon: Simon op de fiets en Brun ernaast met de bidon in de hand. Hij liet Simon, als ware hij een baby, drinken uit het flesje.

En zo waren er ploeggenoten die een etenszak voor hem aanpakten, die de banaan voor hem pelden, die de taartjes uit het zilverpapier haalden en die hem, letterlijk, voerden.

Toen Henk Lubberding en Michel Laurent in Saint-Etienne elkanders zenuwen en vervolgens de deugdelijkheid van de dranghekken controleerden, had Frankrijk ineens een tweede slachtoffer op de fiets: Laurent kwam zielig en toneelspelend over de finish nadat de man uit Voorst hem er netjes en reglementair uit had gesprint.

Twee slachtoffers was wat veel van het goede en het was daarom prettig dat het gedoe rond Simon een dag later voorbij was. De pijn was te hevig geworden. Simon kon niet meer aan zijn stuur trekken, was emotioneel ook helemaal op, maar had nog altijd een voorsprong van veertig seconden op de nummer twee van het algemeen klassement, Fignon.

Op de flanken van de Côte de Chapelle Blanche kwam een einde aan de vijf dagen durende tragedie rond de gele trui. Simon had tot het laatst toe die pijnlijke trek op zijn gezicht gehouden, en met de camera's van de Franse televisie naast zich wist hij dat beelden van zijn zwanenzang over de hele wereld zouden gaan. Hij trapte als in slowmotion, hij had zijn knechten doorgestuurd, hij had het peloton laten gaan en nu pedaleerde hij heel langzaam over de stoffige weg. Dramatischer kon bijna niet.

Fotografen deden hun werk, als gieren bijna, de koers werd even vergeten. De regisseur van de Franse televisie bleef ellendig lang bij Simon. Misschien wel terecht, omdat het niet vaak voorkomt dat een drager van een leiderstrui op deze manier uitvalt, maar toch. Het was allemaal net iets te veel.

Zoals altijd ging de koers gewoon door. Dat was in het verleden ook gebeurd met mannen als Pélissier (ziek), Fontan (kaderbreuk fiets), Maes (afgestapt na dreiging van publiek), Magni (ook dreiging), Van Est (val in ravijn), Van de Kerckhove (fysiek uitgeput), Ocaña (val en sleutelbeenbreuk), Pollentier (ontdekt bedrog) en Hinault (knieblessure), en dat gebeurde na hem ook met Sörensen (val en sleutelbeenbreuk), Heulot (knieblessure) en Boardman (val en hoofdwond). Zij allen hadden in de gele trui de Tour verlaten.

In 1983 was Simon heel even de beroemdste Fransman in de ronde. In later jaren reed hij de Tour tamelijk anoniem uit. Hij ging elf maal van start en gaf slechts één maal op. Die keer dus, in 1983.

Het was de Tour van 2005. Maarten Ducrot en ik lopen bij de start van een etappe van onze auto vandaan en schuin voor ons stapt een man uit zijn wagen. Ik pak de arm van Ducrot en zeg: 'Verrek, herken je hem?'

Ducrot kijkt, graaft in zijn geheugen en zegt: 'Ja, ja, dat is, wacht even, ja jeeminee, is dat Pascal Simon niet? Ja toch? Geweldig!'

We kijken of er een NOS-camera in de buurt is, want dit moet even vastgelegd worden. Beelden van toen en nu door elkaar en misschien een kort gesprek. Hoe het met hem gaat? Hoe hij terugdenkt aan die dagen van toen?

Helaas. Er is geen camera.

Waarom we dat toen allebei zo geweldig vonden, weet ik niet meer. Doorgewinterde romantici? Blijkbaar hadden de beelden van de toestanden van 1983 op ons beiden flinke indruk gemaakt.

Nu zagen we een slanke Fransman met grijzend haar en een rustige stap over het startplein lopen. Het aardige was dat helemaal niemand hem aansprak. Niemand fotografeerde, niemand filmde, niemand applaudisseerde. Hij was compleet anoniem. Later hoorde ik dat hij taxichauffeur was geworden.

Zwitsers geel

In een lade van mijn bureau bewaar ik een foto van twee grote wielrenners van weleer. Gerrit Schulte en Hugo Koblet poseren samen met Miss Remington, de rondemiss van de Ronde van Nederland. Het was begin jaren vijftig, mijn vader deed onder andere de sponsoring van Remington en ik mocht weleens mee naar de koers. Ik heb de twee heren zelfs een hand mogen geven.

Ik heb nog een andere herinnering aan een groot renner, een leeftijdgenoot van de twee op de foto. Ik deed de Ronde van Zwitserland. We reden lekker wat rond, hadden geen besognes met de directe uitzending, want we maakten filmpjes die we voor de start van de Tour de France zouden uitzenden.

Het was een bergetappe en we wachtten ergens in een bocht omhoog op een behoorlijke col. In het dal zag je de renners over de weg voortkruipen. Om de hoek verscheen een open auto die inhield. De man naast de bestuurder was gekleed in het wit: hemd, trui, broek en zelfs schoenen. Het was de bekendste sporter van Zwitserland, terwijl hij toch al zeker veertig jaar niet meer actief was: Ferdy Kübler.

De man met de eeuwige lach op het gezicht stapte even uit, keek het dal in, zag ons en riep dat het leven mooi was als we er een flesje witte wijn bij zouden hebben. Hij deed dat in zangerig Zwitserduits, een taal die uit zijn mond klonk als een liefdesgedicht.

Ik heb beide kampioenen dus een keer meegemaakt, besef ik. Mooie Hugo, de man die altijd het zakkammetje beroerde alvorens hij naar het podium kwam, en de enorm populaire allemansvriend Ferdy, de (op moment van schrijven) langst in leven zijnde winnaar van de Tour de France.

Nooit heb ik geweten hoe populair deze twee mannen het wielrennen in Zwitserland gemaakt hebben. Ze waren helden en voor hen kwamen tienduizenden mensen naar criteriums die overal in het land plaatsvonden. De Ronde van Zwitserland was een hoogtepunt in het Zwitserse sociale leven van de jaren vijftig door de deelname van de twee mannen, die elkaar fel bestreden maar ook, aan het einde van hun loopbaan, vrienden werden.

Kübler won de Tour van 1950, nadat hij in 1947, eigenlijk bij toeval, de gele trui één dag gedragen had. Kübler was zelfs de eerste naoorlogse geletruidrager; hij klopte zijn 98 collega's in de openingsetappe Parijs-Lille in de sprint. Een dag later in Brussel kwam hij op bijna een kwartier na de winnaar binnen, lachend, en verloor de trui.

Merkwaardig, maar lachen is 's mans belangrijkste eigenschap; hij maakt mensen vrolijk. Noem hem een opgeruimde geest, een blij mens of misschien zelfs wel een paljas. Misschien overdreef hij weleens (tegenstanders knikken direct), maar hij gebruikte die eigenschap zelfs als wapen in de koers.

Er bestaat een verhaal, opgetekend door de beroemde Franse auteur Maurice Vidal, dat ongeveer als volgt gaat. Kübler, de vrije geest uit het Duitssprekende deel van Zwitserland, arriveerde met slijm rond de mond in de etappeplaats Briançon. De schrijver liep achter Kübler aan, die op zichzelf aan het mopperen was in het Frans, een taal die hij niet echt machtig was: 'Ach toch... Ferdy heeft moeten schreeuwen vandaag om hard te kunnen rijden; ik moet op mijn donder hebben.'

Wat schreeuwde je dan?

Kübler: 'Dat hing ervan af. Soms riep ik: "Jullie Fransen zijn klootzakken!" In het Duits natuurlijk.'

Heb je iets tegen Fransen?

Kübler: 'Wie, ik? Nee, maar Bobet is Fransman en hij viel me aan... Dus riep ik: "Klootzak van een Fransman," want dat was goed voor mijn moraal.'

In diezelfde ronde, in de etappe naar Saint-Etienne, toen Bobet en Kübler een fabelachtig duel uitvochten, bezigde hij volgens Bobet ook voortdurend *trash talk*. De Zwitser ging dan vlak naast Bobet rijden en riep in gebrekkig Frans: 'Ferdy très fort aujourd'hui... toi bien? Faire mal toute a l'heure.'

Bobet haalde dan zijn schouders op, want hij begreep de gekke Zwitser niet.

Ferdi kwam dan weer naast hem rijden en zei: 'Toi prêt? Moi bientôt partir... très fort Ferdy, toi souffrir.'

Bobet kon er niet tegen, Kübler loste hem en reed alleen naar de zege.

Kübler moet op de fiets een buitengewoon mens geweest zijn. Hij lachte weliswaar vaak, nam zijn collega's waar mogelijk in de maling, zag alles, maar reed altijd hard en was steevast ergens in de slag. Hij kon sprinten (werd wereldkampioen op de weg), kon klimmen en was een goede tijdrijder. Over zichzelf zei hij tegen de Franse pers na zijn Tourzege zonder dralen: 'Ich bin kompletter Fahrer.'

Bescheidenheid was hem soms vreemd, want op de hoogtijdagen van zijn roem tekende hij met 'Ferdy National', ofwel het nationale sporttroetelkind van Zwitserland. Hij schaamde zich daar niet voor.

Middelmatige of slechte renners in het peloton werden door hem geduid als 'cow boy' en soms riep hij aan het begin van een etappe dat het vandaag een etappe voor 'cow boys' zou worden. Dat betekende dat de grote heren zich rust permitteerden. Kübler droeg in 1950 elf dagen achtereen de gele trui, en won ten slotte met overmacht de Tour. Omstuwd door tienduizenden werd hij in Zürich ontvangen. Restaurants en cafés bleven de hele nacht open.

Tot op de dag van vandaag is hij een grappige societyfiguur. Zelfs nu kom je zijn afbeelding nog tegen in reclames, want de man die 56 jaar geleden de ronde won, is een beroemdheid in eigen land.

Koblet was een ander mens. Stil, ingetogener en heel perfectionistisch aangelegd. Hij heette niet alleen 'Mooie Hugo', maar werd ook vaak 'Le pedaleur de charme' genoemd. Niemand zat mooier op de fiets dan hij. En hij kon ook zeldzaam hard rijden.

Tijdens de eerste etappe van de ronde van 1951 ontsnapte Koblet en alle renners zetten samen de jacht in. Veertig kilometer lang hebben de anderen tot op de bodem moeten gaan om een gat van vijftig meter dicht te krijgen. In die ronde kwam een renner aan de leiding die in Frankrijk een bijzondere naam had: Roger Levêque, een man die een vernietigingskamp van Hitler had overleefd. Of het peloton het niet kies vond deze 'getekende' renner aan te vallen, is nooit duidelijk geworden, maar de toppers wachtten tot de grote individuele tijdrit alvorens Levêque uit het geel te rijden.

Toen alle renners gearriveerd waren, werden de tijden op een bord geschreven. Louison Bobet had de winnende tijd geklokt, Koblet was tweede geworden, maar de Zwitser had zijn twijfels en besprak die 's avonds aan tafel met de andere Zwitsers. Koblet had drie renners die voor hem gestart waren ingehaald en ging rekenen.

Twee uur later stond hij met andere Zwitsers op de stoep bij Tourbaas Jacques Goddet, die net zijn epos van de dag voor *l'Équipe* aan het schrijven was. Of Koblet maar even wilde wachten, luidde het antwoord toen Koblet vertelde dat hij met een ernstige klacht kwam.

Goddet verscheen even later en luisterde naar de Zwitser. Twee uur later werd een nieuw communiqué uitgegeven waarin de leiding van de Ronde van Frankrijk excuses aanbood vanwege een onvolkomenheid in de uitslag. 'Mooie Hugo' had gelijk, hem was tekortgedaan en de tijden werden aangepast. Koblet werd alsnog tot winnaar van de tijdrit uitgeroepen.

Later in die Tour kreeg Koblet nog een strakke aanval van de Italianen Coppi, Bartali en Magni te verduren, maar hij was veel te sterk, zelfs voor de gebundelde krachten van de beroemde Italianen. Coppi was geestelijk gebroken na de dood van zijn broer Serse, Bartali was nu echt te oud en Magni kon niet beter.

Aan zijn ploeggenoten beloofde Koblet een goed gevulde prijzenpot en tegen Zwitserse journalisten zei hij dat hij in de afsluitende lange tijdrit eens zou laten zien hoe de verhoudingen werkelijk lagen. Dat bleek geen grootspraak, want Koblet vernederde in die 97 kilometer het hele peloton. Hij haalde Bartali in en reed de nummer twee van het algemeen klassement, Raphaël Geminiani, op twaalf minuten achterstand. Coppi kreeg meer dan zeven minuten aan zijn broek. Die avond kreeg Koblet het geel, maar eerst trok hij nog even het kammetje door zijn haar, zoals het hoorde.

Waar Kübler van het volk was, bleek Koblet een meer mystieke man te zijn, iemand voor de bourgeoisie. Vrouwen vonden hem spannend, maar zelden liet hij zich uit over de manier waarop hij aanbeden werd. Koblet was een man van weinig woorden. Zijn grootste wapenfeit, naast het rijden van die superieure slottijdrit in de Tour van '51, was wel zijn optreden tijdens de etappe van Brive naar Agen op 15 juli van dat jaar. Het was die dag om te puffen en Koblet verliet het peloton met de Fransman Louis Deprez. Zonder een woord te spreken reden de twee enige tijd samen, waarna Koblet een venijnige tempoverhoging doorvoerde en Deprez moest lossen. Niemand begreep waarom Koblet dat deed. De Zwitser reed vervolgens een solo van 130 kilometer. Achter hem joeg het peloton hem voortdurend op, met

Bobet, Bartali, Coppi en Geminiani in het eerste gelid, maar Koblet reed als een Zwitsers horloge; hij zorgde ervoor dat hij voortdurend twee en een halve minuut voorsprong behield.

Toen hij gehuldigd was en de pers te woord stond, zei de Zwitser dat hij bang was dat er door de hitte de hele dag gewandeld zou worden. En met zijn pijnlijke aambeien hield hij niet van lange dagen in het zadel. Dus moest er maar doorgereden worden.

Koblet stopte met koersen in 1958, een jaar na Kübler, en verhuisde al snel naar Venezuela om daar zakenman te worden. Hij was er niet bijster succesvol, en eenmaal terug in Zwitserland, werd hij nog even radioreporter. In zijn privéleven werd hij nooit gelukkig.

Op 2 november 1964 vond men zijn Alfa Romeo volkomen aan diggelen gereden tegen een muur van een huis in een buitenwijk van Zürich. Vier dagen later overleed hij. Men sprak van zelfdoding. Kübler huilde als een kind op de begrafenis en heel Zwitserland huilde mee.

Onverdedigd geel

Het ligt inmiddels zeventien jaar achter hem, maar Erik Breukink is nog steeds verbaasd over het niet-verdedigen van de gele trui door zijn ploeg. Hij heeft er nog weleens aan teruggedacht: waarom werd er niet gereden toen hij die zuurverdiende gele trui door het grootvorstendom Luxemburg reed in de eerste etappe van de ronde van 1989?

Breukink is altijd een zachtaardig mens geweest. Geen verbale uithalen, geen snoever, maar een zeer correcte, aardige man die heel hard kon fietsen. Zoals op de eerste dag van die Tour toen.

De proloog lag hem. Die was dit jaar iets langer dan normaal, bijna acht kilometer. Parcoursen als deze kon hij aan als de beste. Hij reed zich goed warm en legde de afstand daarna af als snelste van allemaal, met een snelheid van 47,272 km per uur; niet slecht voor de man over wie gezegd werd dat hij alleen hard kon rijden in de Giro d'Italia.

De uitslag van die proloog laat zien hoeveel talent er die ronde startte. Stuk voor stuk hardrijders:

1 Breukink
2 Fignon op 6 sec
3 Kelly
4 LeMond
5 Bauer op 8 sec
6 Mottet op 9 sec
7 Indurain op 10 sec
8 Pelier
9 Steevenhagen
10 Muller

'Ja, ik reed die dagen goed. Ik kwam uit een moeilijke Giro, maar was fysiek nog in orde. Dat was in die jaren vaak zo bij mij. Als ik goed gereden had in Italië kwam ik vrij sterk naar Frankrijk, maar dan reed ik maar een of anderhalve week goed. Daarna namen de krachten snel af. Het bleek toch niet zo gemakkelijk om in twee grote ronden vooraan te rijden. Ik kon het in ieder geval niet.'

Weet je nog hoe je overwinning toen voelde?

Breukink: 'Trots, goed, wat wil je? Ik had de beste renners van dat moment allemaal verslagen. Het was voor mij een aansprekende zege. Kijk maar naar het klassement. Ik was er best wel trots op, en nog steeds eigenlijk. Het was toch een mooie uitslag?'

Zeker, maar wat gebeurde er verder?

Breukink: 'De volgende dag hadden we twee etappes. In de ochtenduren een ritje door Luxemburg. Veel draaien en keren, ik denk over 130 kilometer of zoiets. 's Middags was de ploegentijdrit en Post wilde die graag winnen. Hij had immers de naam altijd goede ploegen mee naar de Tour te nemen en dat was voor hem een zekerheidje.'

Wat gebeurde er?

Breukink: 'Op een hellinkje reed Acacio Da Silva langzaam weg. Er sprongen er twee mee, ik denk Lilholt, de derde weet ik niet meer [opgezocht: de voor het Spaanse Paternina rijdende Fransman Roland Le Clerc – M.S.] en die kregen een half minuutje voordat er bij ons iets gebeurde. Het leek me logisch dat de trui beschermd zou worden en ik wilde wel rijden, maar Post dacht daar blijkbaar anders over. Ik kon het zien aan mijn ploeggenoten, ze bleven achter me. Er werd niet gereden en ik zat toen flink te balen. Ik was goed en wilde graag die middag ook nog de trui hebben. Wij hadden immers een goede ploeg. Maar zo ging het dus niet.'

Niemand die ging rijden?

Breukink: 'Niemand van ons. Die drie gingen het gat in

en bleven weg. Da Silva kreeg de gele trui aangeboden.'

Het klinkt als 'au'.

Breukink: 'Dat was het toen ook. Nu we het er zo over hebben, krijg ik datzelfde gevoel. Je geeft als renner de gele trui niet snel op en ik vond het toen zonde om het zonder slag of stoot te doen. Maar de stalorders waren zo en ik moest me erbij neerleggen. Ja, ik vind het nog steeds vreemd. Het was namelijk niet zo'n grote inspanning geweest. We zagen ze nog rijden.'

De drie bleven weg, Le Clerc werd gelost, Lilholt liet nog voor de sprint lopen en Da Silva was de eerste Portugese geletruidrager ooit. Het peloton bereikte de streep met een achterstand van 4.40, Breukink mocht zijn geel opbergen. Flink balend, maar natuurlijk liet hij niets blijken, keurig opgevoed als hij was.

Die middag vond een ijzingwekkend duel plaats tussen de ploegen van Super U van Laurent Fignon en Panasonic, met Superconfex, PDM en het door LeMond gestuurde ADR op de tweede hand.

Breukink: 'Heel stiekem heb ik toen nog wel aan de trui gedacht. Da Silva reed immers bij Carera, die reden niet goed in een ploegentijdrit, wij wel.'

Panasonic-Isostar toen: Breukink, De Rooy, Lubberding, Nulens, Talen, Van Poppel, Van Vliet, Vanderaerden, Wampers. Niet slecht: mannen die tempo konden rijden. Gelijk een echte Post-trein.

Breukink: 'We zijn als favorieten van start gegaan, maar in het begin liep het niet. We moesten op Teuntje wachten omdat die het moeilijk had. Gek, want later kwam hij erdoor en reed hij weer te hard voor ons. Maar toen moesten we weer op een ander wachten. Ik weet niet meer wie [opgezocht: Talen – M.S.] en dus konden we ook niet winnen. Ik geloof dat we vierde werden [opgezocht: niet juist. Panasonic werd tweede met een achterstand op de ploeg van Fignon van 32 tikken – M.S.], maar ook onze voorsprong op de ploegen van Da Silva en Lilholt was niet voldoende voor de trui. De feiten: Carera leverde 1.55 in, Sigma van Lilholt 2.08 en Paternina van Le Clerc 3.43. Breukink behield hiermee een redelijke toppositie in het klassement, maar hij kwam in die Tour niet dichterbij.

Na de tijdrit tussen Dinard en Rennes, waarin hij zesde werd en vierde bleef in het algemeen klassement, moest Breukink toezien hoe deze ronde een duel werd tussen Fignon en LeMond. In twee elkaar opvolgende Pyreneeën-etappes liet hij het vervolgens lopen. Fysiek was hij op, wát Post ook probeerde. Twee dagen later, op 14 juli, verliet Breukink de ronde in een feestvierend Marseille. Hij had precies een halve dag de gele trui gedragen, dat was alles voor de man die eerder dat jaar een week lang trots in het roze van de Giro had gekoerst.

Breukink: 'Maar weet jij dat ik nog een keer héél dicht bij die trui geweest ben?'

Hij maakt er een quiz van. Ik denk hard na. Was het 1990? Nee, hij werd toen wel derde, maar stond hij ook dicht bij het geel? En waar dan? Was het later? Nee! Het moet vroeger geweest zijn. Verdraaid, waar was dat?

Breukink, lachend: 'Een jaar eerder, in 1988. Kijk maar eens na. We hadden een goede ploegentijdrit gereden, de vierde etappe geloof ik, en we stonden er met z'n allen heel goed voor.'

De boeken dus maar erbij gehaald, omdat ik me ineens realiseer dat ik er dat deel van de Tour niet bij was. Ik deed toen het preolympisch basketbaltoernooi in Rotterdam voor de NOS, met als gevolg een halfblinde vlek in mijn wielergeheugen.

De Breuk heeft een goed geheugen. Teun van Vliet reed in het geel, Vanderaerden stond tweede op 18 seconden en daarachter: Lubberding, Breukink, De Rooy, Winnen, Nulens en Van Lancker. Allen in dezelfde tijd.

Wat gebeurde er toen?

Breukink: 'Het was niet zo'n lange etappe, in het noorden ergens. We wisten allemaal hoe het zat. Er reed een vrij grote groep weg, allemaal goede renners, dat weet ik nog wel. Ik was mee, maar Lubberding en Winnen ook. Er werd hard gereden, Nijdam sprong weg, maar dat was niet belangrijk. We gingen met een man of twaalf de sprint aan en de Panasonic-renner die het beste zou finishen zou de trui pakken, wisten we.'

En?

Breukink: 'Lubberding pakte de trui, hij zat vijf plaatsen voor me. Winnen zat nog achter mij, dat wel. Ex aequo drie man van één ploeg op de eerste plaats, maar slechts één man kon de trui aanhebben. Dat werd Henk dus.'

Breukink bleef in die ronde 'bij' tot en met de etappe naar Alpe d'Huez. Hij had er zijn karakteristieke slechte dag en verloor een goed kwartier. Zijn klassement was aan gort.

Wat heeft hij met die trui van Luxemburg gedaan?

Breukink: 'Die heeft eerst een flinke tijd in een koffer gezeten, maar ik heb hem samen met een roze trui uit de Giro en mijn definitieve witte trui uit de Tour laten inlijsten. Drie belangrijke truien bij elkaar, een mooie herinnering, nietwaar?'

Heb jij het amarillo in de Vuelta ook niet een keer gedragen? Ben jij niet een van de weinigen die in alle grote rondes de leiderstrui gedragen hebben?

Breukink: 'Nee, bijna. Ik werd heel nipt geklopt in een proloog, het scheelde niets. Jammer inderdaad, maar ach, een trui is maar een trui.'

En hoe dicht was je erbij in 1990?

Breukink: 'Een dag voor het einde, op iets meer dan drie minuten. Ik klopte LeMond, die de Tour ging winnen, met een minuut en pakte Chiappucci iets van drie minuten af. Dichtbij, dat is waar, maar niet voldoende. Dertien seconden van de tweede plek vandaan.'

Was die tijdrit rond het Lac de Vassivière je beste ooit?

Breukink: 'Zulke dingen moet je nooit van jezelf zeggen.'

Dan zeg ík het.

'Ja.'

Onvindbaar geel

Zijn Tourzeges mochten er wezen: Greg LeMond liet steeds spektakel zien en zijn overwinning op Laurent Fignon, in 1989, behoort nog steeds tot de grootste sportieve verrassingen van de eeuw.

LeMond, die in de slottijdrit alle foefjes ooit uithaalde, was een bijzonder mens. Hij kon afzien als de beste en hij bracht binnen het conservatief opgevoede peloton een aantal nieuwigheden, te beginnen met het befaamde triatlonstuur in de tijdrit van Rennes.

Parijs 1989.

LeMond, die een Calimero-helm opzette om zo gestroomlijnd mogelijk te rijden. LeMond, die zich perfect warm reed. LeMond, die alles aan zijn fiets (merk Bottecchia) gedaan had om nog sneller te kunnen rijden: kabels binnendoor, alles zo licht mogelijk. LeMond, die de nacht van zaterdag op zondag bijna niet geslapen had omdat hij zo intens met de slottijdrit bezig was. LeMond...

Fignon had het anders gedaan. Op zijn Frans bijna. Een tikje slordig, lekker losjes ook. Waarom een helm? Laat de lange haren toch lekker waaien! Waarom al die drukte? Hij had immers een kleine minuut voorsprong!

LeMond droeg tweeëntwintig dagen de gele trui en won drie maal de Tour. Toen hij dat voor de tweede maal deed, werd hij door het beroemde weekblad *Sports Illustrated* tot Sportsman of the Year uitgeroepen. Nooit kreeg een wielrenner die eer. Voor mij was dat toen reden om hem in zijn Amerikaanse habitat op te zoeken. Om naar zijn gevoelens te vragen, en om een leuk filmpje te maken van de Tourwinnaar in de winter. Men zei dat hij spectaculair aankwam in de wintermaanden en helemaal niets deed.

Ik moest naar Minneapolis komen, moest me op telefonische afroep beschikbaar houden, moest een afspraak maken met de Amerikaanse cameraman en kreeg toen ik eindelijk op zondagochtend in zijn huiskamer stond, te horen dat het allemaal anders gelopen was dan gedacht.

Van het eerste plan om op ons gemak te gaan praten en te lunchen, kon niets terechtkomen, want hij had net een uitnodiging gekregen om naar de thuiswedstrijd van de Minnesota Vikings te komen. Hij was uitgenodigd door hun eigenaar in de vip-box en dus...

'Maar ik praat wel hoor,' had hij bemoedigend gezegd. Hij nam de cameraman (die nog nooit van LeMond had gehoord) en mij mee naar de slaapkamer van het huis, waar een mooie, zware hometrainer stond. Terwijl er jengelende kinderen rondliepen en zijn vrouw vroeg of we iets wilden drinken, trainde LeMond zoals ik nooit iemand heb zien trainen.

LeMond praatte en trapte. Wij filmden en luisterden. Hij reed zich niet of nauwelijks warm en draaide al na twee minuten een enorm grote versnelling. Zweet stroomde van zijn hoofd en pas later begreep ik zijn opzet: hij wilde aan de mensen in Europa tonen dat hij keihard trainde. Hij vertelde dat dit zijn speciale wintertraining was: op een grote plaat gedurende een halfuurtje enorm afzien. Dit deed hij iedere dag en soms twee of drie maal. Ik geloofde hem.

Ik vroeg hem vervolgens of hij zijn gele truien bewaard had en er ontstond een grappige discussie tussen zijn vrouw en hem. Zij beweerde dat er een paar in een kluis opgeborgen waren, hij zei dat hij zich dat niet kon herinneren. Volgens Greg lagen er een paar in een verhuisdoos in een garage, maar of dat nou hier in Minnesota was of bij zijn vader aan de westkust? Volgens zijn vrouw had hij er nog wel een paar in hun tweede huis, volgens Greg had hij die allemaal weggegeven. Ik vroeg aan wie. Hij zei: 'Aan ploeggenoten die erom vroegen.' Namen kon hij niet noemen.

Volgens zijn vrouw moest er nog wel eentje in dit huis zijn. Volgens Greg, die zich inmiddels gedoucht en verkleed had, was dat niet waar. Zij dacht in een wielertas, hij wist zeker van niet. Zij ging kijken, hij riep dat we op moesten schieten, want de wedstrijd begon over een uur. Zij probeerde heel aardig te zijn, hij trok zijn jas vast aan; het zou koud zijn. Zij kwam uit een soort bijkeuken met een trui in haar handen en lachte ons toe. Hij riep: 'Dat is mijn ADR-trui, *honey*, die is ook geel en nu moeten we echt gaan.'

En zo stonden de cameraman en ik buiten. Het vroor dat het kraakte. Er kwamen mensen op langlaufski's langs, mevrouw LeMond wilde nog iets verontschuldigends zeggen, maar Greg had de auto al gestart.

'Ach wat, die gele trui, je hebt er al zo veel gezien,' zei hij vriendelijk, zwaaide, trok een grimas, gaf gas en verdween in de late ochtend.

Zacht geel

Johan Museeuw was niet gemaakt om lang in het geel te rijden. Hij kwam als jongmaatje bij de buitengemeen krakkemikkig ingerichte ploeg van ADR en moest Eddy Planckaert uit de wind zetten in het voorbereidende werk voor de sprints. Planckaert won dat jaar (1988) overigens de groene trui zonder ooit eerste of tweede in een etappe te zijn geworden. Toen ik daar een keer over begon, lachte de Vlaming gemeen: 'Ge denkt toch niet dat ik zot ben hè?' was zijn veelzeggende antwoord. De nummers één en twee moeten naar de controle! Vandaar.

Museeuw dus. Een kapitale renner, helaas zwaar in verval geraakt in zijn vaderland. Een toonbeeld van doorzettingsvermogen in zijn beste jaren, een aardige man ook, die nooit veel woorden nodig had en soms zo cryptisch kon antwoorden op vragen van omstanders dat helemaal niemand hem begreep. Het leek wel of hij in een eigen wereld leefde. Voetbalcoach Louis van Gaal en basketballer Shaquille O'Neal hebben soms ook van die trekjes. Zou het met genialiteit van doen hebben? Nee toch! Of is het een doodlopend straatje in de hersens?

Om dat uit te vinden is de persconferentie in Châlons-sur-Marne in de ronde van 1993 van groot belang voor de wielerwetenschap.

Na een spannende etappe waarin een groep van zeven man was weggereden (goede renners, dat moet gezegd) werd duidelijk dat de voormalige groenetruidrager uit de ronde, de sprinter Johan Museeuw, de gele trui had verdiend.

Hij had de etappeoverwinning aan de Deen Bjarne Riis

gelaten ('Jij de zege, ik de trui') en was na Max Sciandri over de streep gekomen, nadat de renners op driehonderd meter van de streep nog eventjes te maken kregen met een vreemd vallende Bruno Cenghialta en een grotere valpartij maar net ontweken kon worden.

Museeuw had twee etappezeges in 1990 behaald en had al dertien groene dagtruien in zijn bezit. Hij meldde zich die middag met wat mensen van de Tourorganisatie in een kleine ruimte waar de wereldwielerpers zat te wachten.

Het werd de zachtste persbijeenkomst die ik ooit in de Tour meemaakte, in alle betekenissen van het woord zacht. Museeuw was al een bescheiden mens, maar hier, met die mooie trui om de lendenen, leek hij stilletjes te willen verdwijnen. Hij keek de aanwezigen eerst zwijgend aan met bijna natte ogen, wachtte even na de eerste vraag (in het Vlaams gesteld) en sprak met zo'n zachte stem dat alleen de mensen op de eerste twee rijen iets konden horen. In diverse talen werd er 'harder' geroepen, want als er één volk is dat weet hoe dat hoort is het wel het journalistengilde in de Tour.

Maar Museeuw had daar een ander idee over. Hij sprak ons toe op de manier die hij gewend was. We konden de boom in. Ik moest me heel sterk concentreren om hem überhaupt te kunnen verstaan. Daarnaast was het nog de vraag of ik hem begreep.

Deze seance duurde niet lang, ik denk hooguit vier minuten. Hij had gezegd dat hij tevreden was met de trui, dat het de droom van iedere renner in de ronde was, dat hij geen enkele fiducie had de trui na de lange tijdrit bij het Lac de Madine nog te zullen dragen en dat hij veel aan zijn ploeggenoten te danken had gehad. Zij hadden mooi afgestopt. Merci Johan.

Naast me zat Sam Abt, een excentrieke Amerikaanse, in Parijs wonende wielerjournalist, die altijd bizar gekleed was, maar goed doorwrochte stukken voor de *Herald Tribune* schreef. Twee maal had Abt me gevraagd te vertalen, maar ik had een gebaar gemaakt van: 'Stil, want ik luister, ik zal het zo samenvatten.' Dus vertaalde ik heel snel de eerste strofen van Museeuw.

Het bleef even stil in het zaaltje. Je hoorde de aanwezigen hardop denken: wat moeten we in hemelsnaam nog meer aan deze snuiter vragen?

Een Fransman vroeg iets van: 'Ben je nu een echte ronderenner geworden?' en Museeuw, de schat, was zo vriendelijk om in zacht, traag Frans te antwoorden dat hij slechts Johan Museeuw was, een niet meer dan gemiddelde coureur in dit grote circus.

Abt keek me aan met een groot vraagteken op zijn toch al karakteristieke hoofd: 'What is he saying?' Ik vertaalde het zachtjes.

Museeuw stond op vanachter de tafel, een groep van voornamelijk Vlaamse collega's drong snel naar voren om hem te volgen en nog meer 'groot nieuws' van hem te horen te krijgen en Abt sprak met zijn armen in de lucht de historische woorden: 'Een geletruidrager die nog minder zegt dan Indurain. Hoe is dit mogelijk?'

Twee dagen later stond de grote Spanjaard in het geel.

Museeuw was de tijdrit als laatste gestart, uiteraard in het geel, maar niemand had oog voor hem toen hij over de streep kwam. De Tour was in haar vaste patroon teruggevallen. Het echte zwijgen was vanaf dit moment weer standaard. Indurain loste Museeuw af. Slechts de geschiedenisboeken laten zien dat de Vlaming de 59 kilometer rond het grote meer als 32ste beëindigde. Eén plaats achter Laurent Jalabert, op 6.19 van Indurain, die iets later met een minzame glimlach om de mond zijn trui ging afhalen.

En wat doet de geschiedenis dan verder met Museeuw, de Tour en het geel? Een jaar later reed de man uit Gistel twee maal in de beroemde trui, voornamelijk omdat zijn ploeg

GM-MG een formidabele ploegentijdrit reed. Hij stond het kleinood even af aan ploeggenoot Flavio Vanzella (volgens vrouwelijke 'kenners' de mooiste man van het peloton) en kreeg de trui terug na de etappe Poitiers-Trelissac (ook weer door een Deen gewonnen, ditmaal Bo Hamburger).

De dag erop was de grote tijdrit Périgueux-Bergerac. De afstand bedroeg nu 64 kilometer; een ware bezoeking voor de meeste renners. Museeuw reed als laatste. De geschiedenis herhaalde zich dus. Niemand keek naar hem. Hij verloor 7.16 op winnaar Indurain. Museeuw reed boven zijn kunnen, werd achttiende, stond voor Erik Breukink en Claudio Chiappucci in het dagklassement, maar niemand vroeg hem die middag nog iets. Hij werd opgevangen door zijn soigneur, er was geen journalist in de buurt. De verzamelde wereldpers zat al klaar voor Indurain, al had die niets te zeggen.

Vergeten geel

Teun van Vliet is zijn gele truien van 1988 pas veel later gaan waarderen. Hij heeft er zes gekregen voor drie dagen leiderschap in de ronde van dat jaar. Eentje heeft hij er zelf nog. Die verhuist steeds met hem mee, die blijft bij hem, die heeft waarde, zegt hij.

De ploeg van Peter Post won in het winderige Noord-Frankrijk de ploegentijdrit en omdat Van Vliet al gedeeld eerste stond (de Canadees Bauer droeg de trui) en de Deen Sören Lilholt exact dezelfde tijd als de twee anderen had, kreeg de kleine, brutale Westlander het geel.

'Of we die trui de volgende dag verdedigd hebben, weet ik niet meer,' zegt hij nu. 'Ik denk dat het Post niets uitmaakte wie er leider was, want na mij kreeg Henk Lubberding geel en daar werd niet eens over gesproken. Post vond het belangrijk de ploegentijdrit te winnen, dat telde voor hem. Hij keek verbaasd toen ik met die trui aankwam.'

Van Vliet was de Pietje Bel van het Nederlandse profpeloton. Hij durfde, had een grappig grote mond, fietste goed en zag de wereld vooral van de zonnige kant. De gele trui nam hij schouderophalend in ontvangst.

Nu: 'Echt, ik vond het toen heel gewoon. Het hoorde erbij. Ik besefte toen niet dat het helemaal niet zo normaal was. Waarschijnlijk was ik in die dagen verwend of zo. Winnen binnen de ploeg van Post was zo gewoon geworden, wij als renners gingen daar anders mee om dan renners van andere ploegen. Gek, maar waar.'

Hebben die truien van toen nu een andere betekenis voor je?

Van Vliet: 'Jazeker. Ik merk het aan mensen met wie ik aan de praat raak. Of ik die wielrenner ben? Ja, dat ben ik. Of ik ook koersen gewonnen heb? Ja, dat heb ik. Of ik ook in de Tour de France gereden heb? Ja, dat heb ik. En dan komt de vraag of je ook de gele trui gedragen hebt. Dat is voor veel mensen toch iets speciaals. Het is net alsof ze je dan ineens anders gaan bekijken. Mede door die reacties van anderen ben ik, lang nadat ik moest stoppen, anders over die gele trui gaan denken.'

Ten bewijze van deze stelling volgt hier de lakmoesproef: waar zijn de truien nu?

Van Vliet (lachend): 'Ik heb er zelf eentje gehouden. Of dat die van de eerste, tweede of derde dag is, weet ik niet. Dat maakt me ook niet zo veel uit. Maar die vijf andere truitjes... jeetje. Ik heb er eentje aan dokter Horak van het Dijkzigt ziekenhuis gegeven. Dat is de man die me geholpen heeft toen ik daar zo ziek heb gelegen. Dat is dus één. Ik geloof dat ik er eentje aan mensen van mijn toenmalige wielerclub Barrhopoort in Barendrecht heb gegeven. Dat is dus twee. En nu moet ik heel goed nadenken... Op de gok zeg ik dat ik Piet Boot van onze Panasonic-ploeg er eentje gegeven heb. Die vond dat heel belangrijk. Nou, dan blijven er twee foetsie. Ja, ik zei je al, ik vond het toen allemaal niet zo bijzonder.'

Nu dan wel? Zijn de jaren des onderscheids dan eindelijk gekomen?

Van Vliet: 'Ja, ik denk nu met plezier terug aan die dagen. Ik behoor toch tot een klein clubje Nederlandse renners dat ooit die trui heeft gedragen, dat geeft een speciaal gevoel. Ik was laatst aan het verhuizen en toen zag ik die ingelijste trui staan. Ik dacht: ja, ja, dat heb je toen maar mooi meegemaakt, en zo is het ook. Waren we in die dagen zo stoer? Gaven we er niet om? Was het de tijdgeest?'

Ik vraag hem naar details over het verlies van zijn trui aan Henk Lubberding. Van Vliet: 'Dat Henk die trui van me overnam, vond ik best toen. Er zou vlak daarna een grote tijdrit volgen en daar was ik geen held in, dus ik had eigenlijk al afscheid van het geel genomen. Maar wat jij niet weet, is dat die gozers zijn gaan rijden toen ik viel. Ja, ja meneertje... ze gingen rijden toen de gele trui op de grond lag. Daar heb ik toen wel even van gebaald. Ik zie het nog gebeuren. Ik val, kom ongelukkig uit en er schiet meteen een groepje weg, met wel drie of vier mannen van ons erbij. Die reden als idioten van me weg. Nee, ik heb niet het idee gehad dat mijn trui daar ooit verdedigd is [schiet in de lach]. Ik meen dat Nijdam de sprint won. Kreeg die niet na Henk de trui?'

Klopt. *Hard feelings* aan overgehouden?

Van Vliet: 'Nee, zo ging het blijkbaar in die dagen. Je zult mij er niet over horen. Ik ben blij dat ik kan zeggen dat ik profrenner was en dat ik drie dagen de gele trui heb gehad. Voor de rest basta. Hoewel ik nou toch wel benieuwd ben waar die twee andere truien zijn. Gek hè, hoe meer ik erover nadenk, des te meer het me bezighoudt. Als jij er niet over begonnen was...'

Zwijgzaam geel

Bijna niemand kent de zieleroerselen van Miguel Indurain. Spaanse cabaretiers hebben al gegrapt dat zelfs zijn vrouw waarschijnlijk niets van hem weet. Zijn ploegleider uit de grote jaren, José Miguel Ecchevari, zegt wel ongeveer te weten hoe de Grote Zwijger in elkaar zit, maar heeft niet de behoefte dat aan iedereen te vertellen.

Ecchevari was ooit een behoorlijk goede renner die in Frankrijk koerste. Eenmaal zonder fiets onder de bips moest hij in het 'gewone leven' iets vinden dat hem voldoening zou schenken. Hij kocht van zijn zuurverdiende centen een bar in Pamplona en coachte in zijn vrije tijd een wielerploegje uit de buurt.

Ecchevari kreeg een jonge renner aangeboden, ene Miguel Indurain Larraya, en die jongen reed in zijn tweede wedstrijd bij de amateurs meteen naar de nationale titel. De coach was verheugd een talentje in huis te hebben, een zwijgzame vent die de tractor reed op de boerderij van zijn vader, die een goede 400-meterloper was (record: 55 seconden) en die vrije verdediger speelde in het eerste voetbalelftal van Villalba.

Ecchevari was een gezellige, druk pratende, sociale, warme man. Zijn leerling was stil, saai en wilde het liefst onopgemerkt blijven in groot gezelschap. Het 'huwelijk' tussen die twee leverde een opzienbarend aantal jaren overheersing in de Tour op.

Indurain begon voorzichtig. Al in 1985 stapte hij op in de Tour, maar na een goede week moest hij naar huis. Ecchevari had dat bepaald. Het was voor jonge renners niet goed drie weken lang vol in de beugel te rijden. Wat goed was, moest zorgvuldig opgeleid worden.

Een jaar later vroeg Ecchevari de vader des huizes om zoon Miguel te komen ophalen tijdens de rustdag in Pau. De vader zei tegen Miguel in pyjamabroek: 'Kom mee, ik heb je nodig voor de oogst,' en de zoon pakte zijn boeltje. Hij luisterde naar zijn vader, zoals hij naar zijn ploegleider luisterde. Die had hem ooit gezegd dat zijn tijd nog wel zou komen. En zo geschiedde.

De vader reed de kleine familieauto die avond door de donkere nacht naar huis. De twee passeerden in alle stilte plaatsjes als Arneguy en Roncevaux. De volgende dag won Greg LeMond de etappe naar Luchon en zat Indurain op de tractor.

Vijf jaar later was LeMond ontsnapt aan de voet van de Tourmalet. Het was de etappe tussen het Spaanse Jaca en Val Louron en de wielerwereld zag voor het eerst een grote Indurain. Hij was inmiddels een ervaren Tourrijder, want dit was zijn zevende ronde en hij had al twee etappezeges op zijn palmares staan, maar die dag veranderde het decor van de Franse ronde volledig.

Gedurende vijf jaar zou de lange man uit Villalba zijn fluwelen bankschroef op de Tour zetten. Vijf jaar achtereen zou hij de dag uitzoeken waar hij het geel ging pakken en waar hij de basis zou leggen voor de eindzege.

Wat de rest ook deed, niemand kon tegen hem op. Of, zoals Bernard Hinault ooit licht geïrriteerd sprak: 'Niemand durfde Indurain aan te vallen en dat heeft hem vijf relatief makkelijke zeges gebracht.'

Nuances graag, mijnheer Hinault.

Met LeMond vooruit, dreef Indurain het tempo van een groepje achtervolgers op. Weinigen konden volgen. De geletruidrager van die ochtend, Luc Leblanc, hing er nog aan, evenals Gérard Rue, Andrew Hampsten, Charly Mottet, Gianni Bugno en de kleine, grappige Italiaan Claudio Chiappucci. Alle andere renners van enige naam moesten lossen. Indurain reed in die kilometers iedereen uit zijn wiel en toen hij op het laatst omkeek zag hij niemand meer. Hij was over LeMond heen gedaverd en de Amerikaan had verbaasd gekeken: wie was dat in hemelsnaam?

Bij de oversteek naar de voet van de Aubisque, rijdend op de wegen van het verraderlijke Plateau van Séoube, stuurde Ecchevari zijn auto naast Indurain en gebood hem even de benen te ontspannen. De ploegleider zei: 'Die Italiaan is bij de anderen weggereden, wacht op hem, neem hem mee, gun hem de etappe en jij wint de ronde.'

Een niet eens zo heel onsympathieke manier van koersen was geboren. Indurain luisterde, hield even in, sloot een pact met Chiappucci en kreeg die avond zijn eerste gele trui ooit. Er zouden er nog negenenvijftig komen. Samen met de Italiaan reed hij alle klimmers naar huis en maakte een slagveld van de zware etappe. LeMond had het nakijken op meer dan zeven minuten, Herrera lag op bijna dertien minuten, de groep Rooks-Delgado-Lejarretta-Theunisse (toch geen slechte klimmers) had een achterstand van ruim veertien minuten, Jalabert noteerde een achterstand van ruim twintig minuten en alle renners moesten voor hun leven rijden om op tijd binnen te komen. Na ruim zeven uur arbeid had Indurain zijn handtekening onder het blad gezet en wisten de andere coureurs nog niet waar ze de komende jaren aan toe waren.

De methode-Indurain was simpel. Ecchevari dokterde het uit, Indurain voerde het uit. Hij won één en als het nodig was twee grote tijdritten, nam daarin veel voorsprong op zijn tegenstanders, bekommerde zich verder niet om de brokken (die hij met graagte weggaf aan welwillende tegenstanders) en reed gecontroleerd naar Parijs.

Ja, er waren momenten van kleine zwakte. Tony Rominger kon hem eens aftroeven, Pjotr Ugrumov deed dat ook (later werd bekend dat Indurain die dagen behoorlijk ziek was geweest, maar bij Banesto hoorde je nooit wat), maar verder heerste Indurain soeverein, sterk en vooral zwijgzaam.

Van hem werden alleen algemeenheden bekend. Dat hij een rustpols van 28 slagen per minuut had, dat hij in volle inspanning tot 180 kon komen, waarna de pols binnen de kortste tijd weer naar 60 slagen terugviel. Dat hij een opmerkelijk grote longinhoud had (men sprak van 8,1 liter), dat zijn zuurstofopname bovengemiddeld groot was en dat hij 550 watt op een hometrainer kon duwen, wat vrij hoog genoemd werd.

Zelden of nooit hoorde je van Indurain zelf een opmerkelijke uitspraak. Ooit liet hij tegen de Franse journalist Laurent Chasteaux los dat hij graag op de fiets reed, maar dat hij nooit om die aandacht van pers en publiek had gevraagd. 'Waar heb ik dat voor nodig?' had hij erbij gezegd, zijn schouders hoog, zijn gezicht in een vraagteken: 'Bekendheid, wat heb ik eraan?'

Bijna niemand wist wat er omging in de man uit Villalba. Ecchevari waarschijnlijk wel, en zijn vader, en ook zijn 'ontdekker', de Spanjaard Eusebio Unzué, de man die hem ooit binnenbracht in de bar bij Ecchevari.

Uit de mond van Unzué komt een veelzeggend verhaal over de jonge Indurain. Na zijn amateurtitel van Spanje (behaald op een dag dat het boven de 40 graden in de schaduw was en er vijfendertig maal aangevallen was, Indurain was dertig maal 'mee') moest de jonge kampioen opstappen voor een klein koersje: het kampioenschap van de provincie Navarro, vlak bij huis.

Indurain reed makkelijk weg en kreeg een volkomen onbekende coureur, ene Jose-Antonio Ibanez, mee in zijn wiel. Tot verbazing van velen klopte Ibanez de amateurkampioen. Daar werd jaren niet meer over gesproken totdat Ibanez op een dag Unzué tegenkwam en hem vertelde wat er onderweg was gebeurd. De opa van Ibanez was de avond voor de koers gestorven en de renner had aan Indurain gevraagd of hij misschien de bloemen van de overwinning op zijn opa's graf mocht leggen. Indurain had alleen maar geknikt, het was goed. Zoals hij dat eigenlijk zijn hele leven had gedaan: winnen en laten winnen.

Zo was er ook de spreekwoordelijke uitzondering. In 1995. Tussen Charleroi en Luik, over het bijna volledige (klim)parcours van Luik-Bastenaken-Luik, liet Indurain zien dat hij meer kon dan alleen tijdritten winnen. Met de Belg Johan Bruyneel op zijn bagagedrager reed hij het hele veld volledig aan gruzelementen. Tegen Unzué zei hij 's avonds dat hij stevig baalde dat Bruyneel zo geprofiteerd had, maar dat hij toch wel een mooie dag had doorgemaakt. Hij kende L-B-L uitsluitend van de televisie. Nu had hij laten zien dat hij daar, op zo'n parcours van een klassieker, ook rijden kon. De dag erop gaf hij nogmaals rijles in de individuele tijdrit. Hij nam het geel zwijgzaam over van de Belg, die hij zonder op of om te kijken minzaam had ingehaald, en bleef rustig in het geel tot Parijs. Zoals gewoonlijk kon niemand hem nog bedreigen.

Oud geel

Louison Bobet, die eigenlijk Louis heette en de toevoeging 'on' zelf bedacht had omdat het beter stond dan het 'gewone' Louis, was een bijzondere renner. Niet alleen was hij de eerste Fransman die drie jaar achtereen de Tour won, maar hij was tevens auteur van een niet-onbelangrijk gezegde als: 'Er bestaan geen kleine koersjes, je moet je als kampioen overal laten zien.'

Dat deed hij. Op het ziekelijke af soms. Zijn tegenstanders noemden hem 'maniakaal', 'gestoord' zelfs, zijn fans roemden de Bretonse bakkerszoon vanwege zijn toewijding en doorzettingsvermogen.

Bobet was 28 jaar oud toen hij zijn eerste ronde won. In 1947 al had hij gedebuteerd, maar na vier etappes bleek men hem nauwelijks te missen. Hij was een ietwat vreemde, streng voor zichzelf levende vent die er wetten op nahield die niet des renners waren. Louison bijvoorbeeld dronk nooit uit een flesje omdat dat volgens hem niet rein was. Zelfs in de koers weigerde hij hem aangereikte flesjes. In een hotel of restaurant dronk hij uitsluitend uit een schoon glas.

Louison had de eigenschap zich op te winden over kleinigheden. Hij kon enorm uitvaren tegen zijn soigneurs als er vetvlekken op een schoon stuurlint zaten. Niet dat het woord toen al bestond, maar Bobet had wel iets dat op smetvrees leek. Alles moest schoon en zuiver zijn; de haren gekamd, de handen gewassen, de sokken gestreken.

Ploeggenoten uit zijn tijd klaagden nog weleens over zijn gedrag. Hij kon enorm zeuren over een schaafwondje en aan het eind van de dag leek het of zijn arm afgezet diende te worden. Marcel Bidot, lange tijd zijn ploegleider en vertrouwensman, zei ooit: 'Hij maakte van een klein probleem een drama en van een drama een ramp.'

In die tijd had Frankrijk met de krachtige naschokken van het imperialisme te maken: de overweldigende Franse nederlaag in Dien Bien Phu en de totale terugtrekking uit Vietnam gaven het thuisland een flinke dreun en daarnaast was er het opkomende trauma van de oorlog in Noord-Afrika. Men was dus driftig op zoek naar eigenwaarde en zocht dat vooral in de sport.

In het Frankrijk van toen kende men Bobettistes en anti-Bobettistes. Zijn fans liepen met hem weg, in Bretagne was hij heilig en voor het sportieve deel van de bevolking was hij een karaktervolle doordouwer. Zijn tegenstrevers wezen op zijn humeurigheid. Toen ooit een verhaal uit de buik van het peloton naar boven kwam waaruit het karakter van Bobet bleek, had hij het gedaan bij vooral links en vooruitstrevend Frankrijk. Het verhaal ging als volgt: op een warme dag vraagt Bobet aan een van zijn knechten (de naam is altijd verzwegen gehouden) om een grote fles water te gaan halen en de inhoud over te gieten in een van zijn speciale bidons. De renner in kwestie stapt af bij een café, komt met een grote fles buiten en zet de achtervolging in. Hij heeft pech, want op het moment dat hij afstapte bij de kroeg werd er gedemarreerd. De knecht moet zich wild fietsen om pas twintig kilometer later het peloton, dat inmiddels weer rustig is geworden, bij te halen. Hij rijdt langs de groep en terwijl Bobet zijn bidon pakt om over te gaan gieten, ziet de kopman het merk van het water dat de knecht heeft gebracht. 'Je weet dat ik niet van dat water houd,' bijt hij zijn waterdrager toe en stuurt hem terug om het goede merk te gaan halen.

Dat verhaal achtervolgde Bobet gedurende lange tijd. Tegenstanders vertelden het vol glorie, als bewijs van de arrogantie van de omhooggevallen bakkerszoon.

Van de door hem bewonderde Fausto Coppi kopieerde Bobet het fenomeen privésoigneur. Dat was in die tijd uitzonderlijk. Coppi had altijd Biaggio Cavanna bij zich, en Bobet nam Raymond le Bret overal mee naartoe. Deze Breton kreeg steeds meer invloed en nam bijna een gelijke positie in als de ploegleider van de Franse nationale ploeg, hetgeen bij de andere renners van de ploeg weleens wat geforceerd overkwam.

Bobet startte tien maal in La Grande Boucle, maar moest tamelijk lang wachten voordat hij echt succesvol was. Hij was geen echte klimmer, geen echte tijdrijder, geen echte aanvaller, geen echte sprinter, maar wel van alles wat. Sprinten leerde hij zichzelf aan door altijd bij massa-aankomsten mee te rijden bij de eersten en zo een onderhuidse angst voor vallen kwijt te raken. Hij trainde veel achter de scooter in het winderige Bretagne en leerde daardoor alleen te rijden; zijn klimvermogen groeide gaandeweg zijn loopbaan.

Hij was niet alleen ronderenner, maar won ook vele eendagskoersen. In 1954 tekende hij voor de niet veel voorkomende dubbel 'Tourwereldkampioen' en door moedig en gedurfd te rijden won hij vier van de vijf klassiekers, Lombardije (met zeven Italianen in een kopgroep), Milaan-Sanremo, Ronde van Vlaanderen en Parijs-Roubaix.

In de herfst van zijn loopbaan liet hij zich uitdagen om de monsterrit Bordeaux-Parijs, over meer dan zeshonderd kilometer, te rijden. Verzorger Le Bret raadde hem dat ten zeerste af, maar Bobet sloeg het advies in de wind. Weliswaar had hij bijna chronisch last van zijn zitvlak, maar hij maakte zelf wel uit wat goed voor hem was. Hij won de lange-afstandwedstrijd en dat was precies zijn zwanenzang in het professionele peloton. Daarna won hij geen grote wedstrijden meer en in zijn laatste optreden in de Tour voelde hij dat zijn succesvolle dagen werkelijk geteld waren.

Bobet zou Bobet niet zijn als hij niet bijna theatraal afstapte. Hij koos de passage van de Col d'Izéran in 1959 om zijn remmen voorgoed dicht te knijpen. Hier, op het hoogste punt van de Tour, zei hij tegen de hem omringende fotografen: 'Messieurs, merci,' en stapte in een gereedstaande auto.

Twee jaar later, als veteraan die nog voor veel geld criteriums in Frankrijk en elders afwerkte, was hij betrokken bij een zwaar ongeval. De auto, bestuurd door zijn broer Jean (eveneens profrenner), miste een bocht en sloeg tegen de pui van een huis. Het radio- en televisienieuws van die avond ging maar over één ding: het zware ongeluk van de grote kampioen en lieveling van het Franse volk, Louison Bobet. Hij kwam terug van een wedstrijdje in Brussel, voor het goede doel nog wel.

Hij revalideerde moeizaam, dacht een jaar later wel aan een voorzichtige comeback, maar begreep dat zijn blessures hem geknakt hadden. Hij zou nooit meer op een koersfiets zitten.

Bobet begon direct een ander leven, bleef een bon-homme die graag in de schijnwerpers stond en opende in het zuidwesten van Frankrijk, in de buurt van Biarritz, salons voor thalassotherapie, een voor die tijd onbekende en dus bijna onbeminde gezondheidstherapie. Hij bleef lange tijd een societyfiguur, maar leefde niet lang. Op 58-jarige leeftijd overleed hij na een lange ziekte in Biarritz.

Bobet en geel. Hij reed vierendertig dagen in het geel en van die vierendertig waren er drieëndertig 'legaal'. Die ene keer dat hij de trui illegaal droeg, is op z'n minst historisch te noemen en bovendien grappig.

Het was in de ronde van 1954 en Bobet ontving, aan de vooravond van de rit Caen–Saint-Brieuc–Brest, zijn zuster in het rennershotel. Als verrassing gaf de geletruidrager van die dag de trui die hij op zijn kamer had liggen aan zijn zus, die er heel blij mee was en 's avonds laat met het kleinood in haar tasje naar huis reed.

De volgende dag kwam Bobet aan het vertrek en vroeg aan Le Bret of deze hem een nieuwe en vooral schone gele trui kon aangeven.

'Weet je dat dan niet?' zei Le Bret, doelend op een nieuwe regel dat er slechts om de twee dagen een nieuwe trui aan de leider van het algemeen klassement zou worden uitgereikt. Geen nood, in zijn koffer had Bobet nog wel wat gele truien. Maar even later bleek dat de kofferwagen al onderweg was.

Le Bret kwam met de oplossing. Hij had in zijn privésportschool, precies in de plaats waar men die dag startte, een ingelijste gele trui met handtekening van een jaar eerder aan de muur hangen. Bobet gaf opdracht die trui onmiddellijk te halen.

Een van de boksers van de sportschool wurmde zich even later door het enthousiaste Tourpubliek en leverde, in een krant gewikkeld zodat niemand het kon zien, de trui bij Bobet af. In een auto verkleedde de held zich snel en hees zich in de gesigneerde trui uit 1953.

Hij liet zich toejuichen door de Franse menigte en gaf Jacques Goddet een hand. De baas van de Tour had niets door, net zomin als de andere juryleden.

Twee dagen later stond Bobet de trui af, aan Wout Wagtmans. Een week later was alles weer bij het oude toen Zon-Zon, zoals zijn ploeggenoten hem noemden, in Millau weer in het geel kwam. Pas twee jaar na dato kwam het verhaal van de geantedateerde trui in de openbaarheid.

En er waren veel meer verhalen. Zo was er het moment dat de leden van de Franse nationale ploeg hun kopman het hoofd gek zeurden om eens flink de bloemen buiten te gaan zetten. Hij was immers zo'n grote seigneur, hij was rijk, beroemd en populair. Aan het einde van een lang seizoen zei Bobet tot ieders verbazing aan tafel dat er gefeest kon worden en dat hij ook mee zou doen.

Terwijl Raphaël Geminiani, het feestvarken van de ploeg,

met een luid 'Champagne pour tous le monde' riep, stapte Bobet naar voren. Heel fijntjes wees hij Gem op het feit dat hij niet dronk tijdens het seizoen. 'Jullie kunnen nemen wat je wilt, maar ik wil alleen een biertje. Maar dan wel een heel goed glas.'

Bobet, die op een gegeven moment zo bekend was dat zijn agenda overvol raakte, was een van de eerste sportmensen die zich in een privévliegtuigje verplaatsten door Frankrijk. Hij had goed geld verdiend en kon zich veel permitteren. Eén geldbedrag raakte hij echter nooit aan. Het betrof een premie van 25.000 francs die door de directeur van de Franse krant *Franc Tireur* (een zeer nationalistisch, antifascistisch en rechtlijnig blad) uitgeloofd was in de ronde van 1949. De Tour trok dat jaar naar San Sebastián in Spanje en later naar Aosta in Italië. Spanje was van Franco, Italië vroeger van Mussolini, en dus ageerden de journalisten en directieleden van *Franc Tireur* sterk tegen het rijden naar deze twee landen. Er werd zelfs een dikke premie uitgeloofd voor de etappe van Bordeaux naar San Sebastián. Het geld was bestemd voor de renner die als laatste de Franse bodem zou verlaten in de betreffende etappe en dus de Tour in Frankrijk het langst 'lief' was geweest.

Bobet had die dag een zware inzinking en zwalkte achter het peloton. Hij was letterlijk de laatste die die dag Frankrijk verliet. Toen hij echter hoorde waarom hij een vette premie had verdiend, weigerde hij die in ontvangst te nemen. Tot zijn dood heeft het bedrag op een aparte rekening voor hem beschikbaar gestaan.

Dwars geel

Misschien is het wel de mooiste foto die ooit gemaakt werd van Bernard Hinault. Het is in de ronde van 1978. In het zuiden van Frankrijk zetten de renners de voeten aan de grond. De etappe tussen Tarbes en Valence d'Agen wordt in wandeltempo afgelegd. Op honderd meter van de streep stappen de renners af en lopen vervolgens tot vlak voor de streep. De nietsvermoedende toeschouwers fluiten de coureurs meedogenloos uit, maar de renners bewegen verder niet.

Ze protesteren tegen de lange verplaatsingen, hun voorgezet door de Tourdirectie. Het is een prachtige rennersopstand, mooi vormgegeven door Hinault die, nog jong en nieuw in het vak, zijn kin omhoogsteekt en nors de wereld inkijkt. De heren Goddet en Lévitan begrijpen de boodschap.

Andere renners staan in zijn buurt, maar het beeld van Hinault, in de kampioenstrui van Frankrijk, is veelzeggend: hier staat een opstandige kampioen in spe, een man die van rechtvaardigheid houdt en die niet van plan is de kin nederig te laten zakken. Dat de wielerwereld dat maar weet!

In diezelfde Tour kijkt hij een paar dagen later op enige afstand toe als Michel Pollentier de etappe naar Alpe d'Huez wint en daarna de dopingcontrole besodemietert. Geen geel, geen bloemen, wel eeuwige hoon voor een kleine valsspeler, die later 'zielig' genoemd zal worden.

Hinault zegt niets en wacht af.

Veteraan Joop Zoetemelk mag gedurende drie dagen denken dat hij deze ronde kan gaan winnen, maar Hinault weet wel beter. Hij wacht, tactisch sterk, tot de tijdrit tussen

Metz en Nancy over maar liefst 72 kilometer. Meedogenloos hard slaat hij toe: hij vermoordt Joop (verlies bijna vier minuten) en alle anderen en trekt zijn eerste gele trui ooit aan. Hij is twee dagen van Parijs verwijderd en ondanks oprispingen van Jan Raas en Gerrie Knetemann in de laatste twee etappes, is de eindzege voor hem.

Joop kijkt sip van iets minder dan vier minuten afstand toe. Het had voor hem zo mooi kunnen zijn en dan komt die jonge bravourejongen uit Bretagne langs, die nog niet lang geleden op de fabriek werkte.

Een jaar later heeft Joop opnieuw even hoop door een vervelende lekke band van Hinault in de steentjesetappe in de Hel van het Noorden, maar weer wijst Hinault hem zijn plaats; in de tijdritten wint Hinault zoals hij wil. Eigenlijk is het een saaie ronde, want Hinault draagt zeventien dagen geel.

De laatste etappe naar Parijs verloopt opvallend. Niets geen promenade, niets geen show. De Breton legt de zweep over zijn collega's. Samen met Joop rost hij in recordtempo over de Champs-Elysées, de rest volgt op eerbiedwaardige afstand. Menig volger denkt dat de onstuimige Fransman wel enig mededogen met zijn Nederlandse tegenstander zal hebben en Joop de eer van de etappezege zal gunnen.

Maar Hinault stoort zich niet aan ongeschreven wetten. Hij sprint Zoetemelk eruit en de Nederlandse vedette krijgt aan de finish ook nog eens te horen dat hij positief heeft gereageerd op een dopingcontrole. Hij krijgt tien minuten straftijd, zodat hij op de eindranglijst op 13.37 staat.

Hinault is de baas en regeert met harde hand. Hij wordt patroon van het peloton, zet (vooral jonge) renners genadeloos op hun plaats en eist orde en sportieve netheid. Er wordt niet gedemarreerd als er iemand gevallen is, als de leider moet plassen, als de etenszakken aangepakt worden. Hinault heeft een buitengewoon gevoel voor rechtvaardigheid en het peloton volgt hem daarin. En wie niet luisteren wil, moet voelen. Joël Pelier, een jonge eigenwijze Franse prof, is zo onbetamelijk om alleen te ontsnappen. Uit het peloton nadert Hinault solo en wijst de jonge Fransoos met een welgemikte vuistslag terecht: er was gezegd om godverdomme niet te rijden!

In 1982, die bijna Nederlandse ronde met vier man (Zoetemelk, Johan van der Velde, Peter Winnen en Hennie Kuiper) bij de eerste tien in het eindklassement, laat Hinault nog eens zien hoe gedreven hij is.

Hij doet weer mee aan de laatste eindsprint op de Champs-Elysées en klopt alle sprinters, want hij geeft geen cadeautjes weg en dat moet iedereen maar eens goed beseffen. Wielrennen in de Tour is een serieuze bezigheid!

Hinault rijdt acht maal de Tour. Hij wint vijf maal (1978, '79, '81, '82 en '85), wordt in 1984 geklopt door Laurent Fignon, valt in 1980 met een kapotgereden knie uit in Pau (Zoetemelk wint de Tour dan) en wordt in zijn laatste optreden in de ronde, in '86, zoals hij afgesproken had, tweede achter de Amerikaan Greg LeMond.

Afgesproken? Er bestaan nog altijd verschillende theorieën over het rijden van Hinault en LeMond in die ronde.

Vooraf. Ik heb het interview nog bewaard. De nestor van de Belgische wielerjournalistiek, Robert Janssens, ondervraagt de toentertijd machtige baas van La Vie Claire, Bernard Tapie, de sponsor van Hinault en LeMond (en nog zeven andere renners). Een deel van dat gesprek:

Tapie: 'Vorig jaar, aan het einde van de Tour, werd een morele overeenkomst gesloten om in 1986 Greg als kandidaat-winnaar te steunen. Ik heb mij resoluut achter dat besluit geschaard, hoewel ik dit wel tegenstrijdig met onze belangen acht.'

Maar zou Tapie zelf ook zo'n beslissing genomen hebben?

'Zeker en vast niet. Ik zou als winnaar van de Tour van 1985 onmiddellijk aangekondigd hebben dat ik in 1986 terugkwam om een zesde keer te winnen.'

En die woorden moet ook LeMond onderweg ergens opgevangen hebben. De ronde ontrolt zich vrij onsamenhangend. Min of meer onbekende geletruidragers wisselen elkaar af (Marie, Stieda, Garde, Van der Velde, Pedersen) alvorens Hinault in de etappe Bayonne-Pau op harde wijze toeslaat. Aan de voet van de Pyreneeën staat de Fransman een kleine veertig tikken voor op de Amerikaan, die zich goed bewust is van de afspraak uit 1985.

Op weg naar de Col de Marie Blanc krijgt LeMond echter een schok door zijn ellebogen. De Amerikaan ziet Hinault op de macht wegrijden, op zoek naar de veel eerder vertrokken Pedro Delgado. LeMond, veel later, tegen me: 'Hij heeft altijd gezegd dat hij op zoek ging naar Delgado... om hem te controleren.'

En geloofde je dat?

LeMond: 'Ja, maar niet helemaal.'

Dat LeMonds twijfel terecht was bewijst misschien het feit dat Hinault de Spanjaard al voor de top van de Marie Blanc bijhaalt. Het tweetal heeft op de top twee minuten en vierenveertig seconden voorsprong op het groepje Robert Millar-Greg LeMond-Luis Herrera-Marc Madiot-Andrew Hampsten. Aan de finish, 47,5 kilometer verder, hebben LeMond en Herrera meer dan vierenhalve minuut achterstand, waardoor Hinault de gele trui pakt en de Amerikaan zich ineens op een achterstand van 5.25 van Hinault weet. Dat zijn 325 tikken van de klok en dat is voor LeMond een behoorlijke klap in de nek.

Hoe gaat Hinault vervolgens met dat geel om? De volgende dag liggen achter elkaar de Col du Tourmalet, de Col d'Aspin, de Col de Peyresourde en de beklimming van Superbagnères voor de renners klaar.

In het kort: de boerse Arnaud vertrekt van verre en rijdt solo over de Tourmalet. Tot ieders verbazing volgt dan een uitval van Hinault, die solo ontsnapt. Wat moet LeMond nu doen? Het is zijn ronde, maar Hinault rijdt wéér weg.

Het is de ploegleider van La Vie Claire, de Zwitser Paul Koechli, die 's avonds in Luchon het opwakkerende vuur dooft door te stellen: 'Hinault deed dat in dienst van LeMond. Hij zorgde ervoor dat de echte klimmers deze dag niets konden doen.'

Mooie woorden, maar LeMond twijfelt zeer.

Op de top van de Aspin is Hinault Arnaud tot op 1.07 genaderd en heeft hij een voorsprong van ruim twee minuten op LeMond, die vervolgens zo kwaad wordt dat hij wegrijdt van zijn groepje en niet meer ophoudt totdat hij alleen en glorieus op Superbagnères over de streep komt.

Onderweg passeert hij Hinault met een vaart die er niet om liegt: de Breton lijkt aan het eind van zijn krachten en verliest vier minuten en achtendertig seconden op de Amerikaan.

Is de stand hiermee 1-1 geworden? En hoe denkt LeMond erover?

LeMond nu: 'Ik wist nog steeds niets zeker.'

En Hinault, in *l'Équipe* van de volgende dag: 'Ik heb gereden voor wat ik waard ben, ik heb de tegenstand van onze ploeg murw gekregen en Greg heeft daar goed van weten te profiteren.'

Einde verhaal?

Nou, niet helemaal.

LeMond staat in het algemeen klassement nu op veertig tellen van Hinault. Volgens Koechli is nog niet helemaal duidelijk wie de nummer één-kandidaat voor Parijs is, want: 'LeMond moet in de slotweek wel bewijzen dat hij het gewicht van de gele trui aankan. Dat weet hij, dat weet Hinault en dat weten wij binnen de ploeg. Niets is nog gespeeld.'

En dus bekijkt de sportwereld beide kemphanen in hun volgende gevechten.

Vreemd genoeg pikt LeMond een dag later ineens bonificatieseconden op (hij zegt na afloop van de etappe: 'Ze lagen voor het oprapen'), iets waar hij zich nooit mee beziggehouden heeft en wat hij later ook nooit meer zal doen. Het verschil in Blagnac bedraagt vierendertig tikken, ofwel:

Every little thing helps
Said Wang Chi Lee
As he watered in the yellow sea.
(met dank aan John O'Mill)

De twee daaropvolgende dagen blijft dat verschil gehandhaafd. Dan komt de etappe naar Serre-Chevalier, een kreng van een dag, met drie topbergen in het parcours, te weten de Col de Vars, de Izoard en de buitencategorie beklimming naar het skioord Serre-Chevalier, alle drie boven de tweeduizend meter hoogte.

Het wordt de dag van de Spanjaard Eduardo Chozas, een bekende solorijder in warm weer over moeilijk terrein. Chozas doet het grondig door met 6.26 voorsprong de dag af te sluiten. LeMond komt als tweede boven en de uitgepierde Hinault verliest op de Amerikaan 3.20, wat voor LeMond toch het teken is: ik, Bernard Hinault, geef me over.

Maar zo gemakkelijk gaat het toch ook weer niet.

De wereld ziet de twee hand in hand de finish overgaan op Alpe d'Huez, een daad die velen in verwarring brengt. Is dit spel? Van wie? Is het een welgemeend eerbetoon aan de oude garde? Laat LeMond uit eerbied en respect Hinault voorgaan? Wil Hinault nergens meer aanvallen en gebruikt hij deze etappe niet als springplank?

LeMond, later: 'Om eerlijk te zijn, ik twijfelde ook toen nog. Weliswaar had Tapie officieel verklaard dat ik moest winnen, maar ik moest wel tegen vijftig miljoen Fransen fietsen. Ik werd uitgescholden als ik langs het publiek reed en ik begreep dat goed. Ik was de tegenstander van de lieveling van het Franse publiek.'

Maar die lieveling was toch kansloos?

LeMond: 'Dat had ik wel geleerd: schrijf nooit een man

als Hinault af. Ik weet dat ik toen nog naïef was, een typische Amerikaan zoals men toen zei, maar ik wist wel wat Hinault kon. Nee, we zeiden in die dagen weinig tegen elkaar. Daarvoor was mijn Frans ook niet goed genoeg.'

L'Equipe komt de volgende dag met een groot artikel dat de kop draagt: HINAULT-LEMOND: LA PAIX ARMÉE (gewapende vrede), en zo is het nog steeds. De schrijver van het artikel, ene Jean-Marie Leblanc, tekent onder meer op: 'Hinault heeft gezegd dat LeMond weliswaar de gele trui om de schouders heeft, maar hij blijft natuurlijk wel de baas van de ploeg.'

Zulke flarden uit krantenartikelen hoort LeMond ook. Wat moet hij, als eerzuchtig Amerikaans broekie, tegen de ervaren en geslepen Breton, die ook nog roept: 'We hebben nog altijd Urs Zimmermann als tegenstander. Ik houd een oogje in het zeil, want we mogen niet verliezen.'

We? Ja, Hinault spreekt nog steeds in de wij-vorm en ook dat maakt LeMond nerveus. Het is nu immers toch: ik, de gele trui, LeMond!

Op de avond voor de belangrijke etappes naar Saint-Etienne (rit in lijn en tijdrit) staat er nog een leuk stukje in *l'Equipe*. Opgetekend uit de mond van oud-renner Michel Laurent, die namens een conglomeraat van criteriums met contracten langs de rennershotels is gekomen. Laurent meldt dat hij Hinault in Toulouse een aantal contracten voorgelegd heeft en dat het antwoord van Le Blaireau is geweest: 'Als ik de Tour win, rijd ik geen enkel criterium. Als ik verlies, koers ik door en wil ik wereldkampioen worden.'

Saint-Etienne. Op weg naar de gevaarlijke aankomst probeert Hinault het nog een keer. Samen met de onvoorstelbaar hard rijdende Stephen Roche scheert hij in de afdaling van de Col de l'Oeillon weg. Het lijkt een mooi slagje.

LeMond kan niet meteen reageren en sluit razendsnel

een verbond met Hampsten en krijgt daarna de hulp van Bauer. De drie Noord-Amerikanen hebben de allergrootste problemen om in het wiel van Hinault te komen. LeMond zegt die avond niets tegen de Breton. Hij baalt van al dat zenuwslopende gedoe. Waarom legt Hinault zich niet neer bij de afspraak die beiden een jaar eerder hebben gemaakt?! Hij, LeMond, staat er immers goed voor. Hij leidt het klassement met twee minuten en drieënveertig seconden voorsprong op Hinault. Dat moet toch voldoende zijn. Waarom valt hij dan toch nog aan? En vooral: waarom zo hard?

L'Équipe komt, via Jean-Jacques Simmler, met een verhaal waarin verschillende renners hun mening en voorkeur uitspreken over wie de Tour gaat winnen.

Een bloemlezing.

Phil Anderson: 'Meer dan twee minuten goedmaken is te veel voor Hinault. Dat kan hij niet. LeMond kan bij hem in de buurt blijven.'

Eric Caritoux: 'Op weg naar Saint-Etienne was LeMond gewoon niet goed. Als er in de tijdrit rugwind staat, is dat zijn redding. Met wind tegen wint Hinault.'

Peter Stevenhaagen: 'Ik houd het op Hinault. Hij heeft deze ronde vormgegeven. Hij is de sterkste.'

Jan Raas: 'Hinault. Hij is tot nu toe de sterkste. Afspraken? Tellen niet.'

Roy Schuiten: 'Hinault heeft de helft van deze Tour op kop gereden. Laat hem dan ook maar winnen.'

Joop: 'Misschien dat Hinault dertig of veertig seconden kan pakken op LeMond. Maar dan moet hij wel de gele trui willen hebben. Als die afspraak inderdaad bestaat, wordt het anders.'

Stephen Roche: 'Hinault kan een minuut winnen en LeMond houdt genoeg over om op zeker te gaan naar de Puy de Dôme.'

Cyrille Guimard: 'Hinault is mijn favoriet, zelfs voor de

hele Tour. Hij heeft de sterkste geest. Hij gaat toeslaan op het laatste bergje. Dat gaat hij vol attaqueren op zijn buitenblad. Hij kan dat als geen ander.'

En dus wint Hinault de tijdrit, wordt LeMond tweede op 25 seconden en is het verschil tussen de twee teruggebracht tot 'slechts' twee minuten en dertien seconden. In de analyses blijkt dat Hinault bepaald minder heeft kunnen terugpakken dan vermoed werd. Joop heeft er dus verstand van, nietwaar?

En ja, het was zijwind en ja, Hinault reed buitenblad omhoog en ja, LeMond deed dat ook. Schijnbaar moeiteloos.

LeMond, later: 'Nog steeds was ik niet gerust, want ik had zulke gekke verhalen over die Puy de Dôme gehoord, ik kneep hem best wel.'

In *l'Équipe* laat LeMond optekenen: 'Ik ben fysiek in orde, ik rijd goed en ik hoop dat Hinault zich aan zijn vorig jaar gemaakte afspraak zal houden. Meer kan ik niet zeggen.'

En dus houdt Hinault zich ineens aan de afspraak. Hij doet dat overigens op een heel chique manier, door weinigen opgemerkt. Er vindt een korte ontmoeting plaats tussen Jacques Anquetil en Le Blaireau. Anquetil is buitengewoon aardig tegen Hinault en complimenteert hem uitvoerig met zijn manier van rijden. De Normandiër vraagt de Breton vervolgens: 'Wat ga je morgen doen op weg naar de Puy de Dôme?' Volgens de Franse verslaggever Eric Lahmy, die bij het gesprek stond, luidt het antwoord van Hinault: 'Het is afgelopen met aanvallen. Die afspraak bestaat... ik leg me erbij neer. Afspraak is afspraak. Ook al had hij nu nog maar een seconde voorsprong, dan zou ik niets meer ondernemen. LeMond wint de ronde. *C'est fini.*'

In de twee resterende etappes bemoeien Hinault en LeMond zich op geen enkele manier met het koersverloop. Hinault houdt zich aan zijn woord. Hij heeft echter nog wel een venijnige nastoot voor zijn ploeggenoot: 'Als ik verleden jaar niet deze afspraak had gemaakt, was ik zesvoudig rondewinnaar geweest. Ik denk met vijf of zes minuten voorsprong op hem.'

De envelop en geel

De Franse renner Antonin Magne staat op het punt de ronde van 1931 te winnen. Hij heeft een redelijke, maar wel langzaam slinkende voorsprong op de koene Belg Jef Demuysere, die steeds sterker lijkt te worden. Magne voelt zich niet zeker; hij is moe en het enige waar hij behoefte aan heeft is rust. Hij slaapt ook veel; hij gaat 's avonds meteen na het eten naar bed.

Op een avond ligt hij op zijn brits en ziet de post liggen die dagelijks voor de ploeg wordt afgeleverd. Die post ligt per toeval op een tafeltje in zijn kamer. Magne heeft er een gewoonte van gemaakt geen brieven te lezen tijdens de koers, maar op een of andere manier wordt zijn blik naar een opvallend grote envelop getrokken. Hij staat op, pakt de envelop, opent die en begint de brief die erin zit te lezen.

Het blijkt een anonieme brief van een wielerfan te zijn. De tekst luidt ongeveer dat deze fan bij toeval in een café terecht is gekomen waar een aantal supporters van de ronde binnenkomt. Het zijn Belgen – de ouders van de coureur Gaston Rebry welteverstaan, vergezeld door fans. Er wordt een goed glas gedronken, de drank doet zijn werk, en de trotse vader begint te vertellen over een meesterplan dat de Belgen hebben uitgedokterd om in de etappe van Charleville aan te vallen en die arrogante Fransoos Magne uit het geel te rijden. Hun zoon heeft ze dat die middag zelf nog verteld na afloop van de etappe.

Magne leest de brief nogmaals en besluit in de bewuste etappe, een dag later, goed op te passen. Hij posteert zich opzettelijk voor in het peloton en ziet tot zijn verbazing dat meteen na het vertrek een groep Belgen links en rechts van de weg versnelt. Uit die groep demarreren er twee met vorstelijk vertoon: Rebry en de nummer twee van het algemeen klassement, Demuysere, zijn grootste rivaal.

Magne moet al zijn duivels ontbinden om tot in het wiel te komen van de twee Belgen, maar na een behoorlijk lange jacht lukt hem dat. Hij lost niet meer en gedrieën rijden ze de gehele etappe vooruit. De twee Belgen kijken met boze koppen naar de Franse geletruidrager, die niet van afgeven wil weten.

Zij weten niets van een toehoorder in een café, zij hebben nooit weet gehad van een brief. Zij merken slechts dat Magne die middag, ondanks het feit dat hij ongelofelijk afgedraaid moet zijn, niet uit het wiel te rijden is.

Magne zal later toegeven dat hij ongelofelijk veel geluk heeft gehad, want meestal begon hij een etappe lekker op het gemak en achter in het peloton. Het verhaal van de brief heeft hij na de ronde openbaar gemaakt. De inhoud ervan moet ook de Belgen hebben bereikt.

De moraal kan in dezen alle kanten op. Je moet dus altijd je post lezen en drank maakt meer kapot dan je lief is. En dan speelt er nog de vaderlandsliefde. Want wie luistert een gesprek van buitenlanders af in een café en schrijft de inhoud van dat gesprek vervolgens in een brief die anoniem wordt afgeleverd bij de geletruidrager?

Kadavergeel

Maurice De Waele was een opgeschoten, pezige, blonde man die eind jaren twintig sterk reed. De Belg was lid van de toen almachtige Acyon-ploeg. Hij was al tweede en derde in de twee voorgaande rondes geweest toen hij in 1929 de Tour won.

Die winst kwam er niet vanzelf, hoewel De Waele een uitstekende eerste week van de Tour reed. Hij deelde twee dagen de gele trui (dat kon in die dagen), met drie andere renners nog wel: Aimé Dossche, Marcel Bidot en Aimé Deolet. Het is verder nooit meer voorgekomen dat gedurende twee etappes vier renners ex aequo op de eerste plaats stonden. Wie dan de gele trui droeg, vermelden de archieven helaas niet.

Na de lange etappe tussen Perpignan en Marseille, door een zeer hete kuststreek verreden, pakte de dappere Belg de leiderstrui voor zichzelf. Hij had goede benen.

Een paar dagen later, op 20 juli 1929, gebeurde er iets vreemds in het peloton. Terwijl de renners zich langzaam opstelden voor de etappe tussen Grenoble en Evian, bemerkte ploegleider Ludovic Feuillet dat zijn geletruidrager nog niet op het appèl was in de hal van het etablissement waar men verbleef. De ploegleider schrok. Hij wist dat zijn kopman al enige dagen geweldige last van maagkrampen en diarree had. Het zou toch niet...

Er werd een verzorger naar de kamer van De Waele gestuurd en even later kwam de renner beneden, de gele trui om de schouders, zijn blik hol en leeg. Hij had die nacht geen oog dichtgedaan en eigenlijk alleen maar in zittende houding doorgebracht. Alle omstanders wisten wat dat betekende in die zware ronde: dat werd opgeven!

Feuillet riep snel zijn mannen samen en gaf opdracht de man in het geel te omringen als men naar de startstreep zou rijden. De Waele moest proberen te lachen en te doen alsof alles goed met hem ging, want inmiddels waarde het gerucht rond dat de geletruidrager ziek zou zijn.

Zo vertrok de karavaan en namen vier Alcyon-renners direct plaats voor in het peloton. Het waren de grootste, sterkste en breedste renners van de groep; zij hadden de opdracht rustig te fietsen, schouder aan schouder te blijven en niemand toe te staan om te passeren.

In de buik van het peloton probeerden de andere ploeggenoten plus renners van ploegen die met Alcyon in de slag zaten, De Waele een beetje bij de mensen te krijgen. Hij dronk voorzichtig wat thee, at beschuit en kreeg wat middelen vanuit een volgauto waarin een arts had plaatsgenomen.

In drie uur reed men vijftig kilometer en de vijf man bleven de deur vooraan goed op slot houden. Niemand passeerde, iedereen bleef achter deze mannen van naam en faam rijden; de boodschap was duidelijk, er werd niet gekoerst totdat de geletruidrager weer een beetje mens zou zijn. De Waele haalde de eindstreep in het peloton, maar het duurde dagen voordat hij geheel hersteld was. In de tussentijd werden er echter geen grote aanvallen op zijn positie uitgevoerd.

Sommige renners klaagden wel. Zij vonden de overmacht van Alcyon te groot en er waren meldingen van fysiek geweld van sommige renners van die ploeg. Coureurs die demarreerden en kort voorsprong namen, werden bijgehaald door een Alcyon-renner, die de betrokken man dan steevast bij de zadelpen vastpakte en terughaalde en zodoende verhinderde dat er een echte voorsprong genomen kon worden. Met deze combinatie van bluf en fysiek ingrijpen wisten de ploeggenoten van De Waele hun kopman veilig in Parijs af te leveren.

Maar niet alvorens de langzaam herstelde Belg de etappe tussen Charleville en Malo-les-Bains zelf wist te winnen. Hij was weer redelijk bij de mensen en kon het tempo van het peloton volgen; er mocht weer open gekoerst worden en hij vond het zijn plicht zijn trui waar te maken.

Toch werden de acties van De Waele en zijn ploeggenoten lang niet door iedereen gewaardeerd. Er waren veel renners die klaagden en zelfs Tourdirecteur Henri Desgrange kon het niet nalaten in een van zijn belerende epilogen over de ronde van '29 te schrijven dat 'men in deze ronde een levend lijk heeft laten winnen'.

Hij voegde daaraan toe dat het de verdienste was geweest van de commerciële ploeg van Alcyon door hun kopman volledig en onvoorwaardelijk te beschermen. En omdat Alcyon zo'n machtig merk in de Franse ronde was geworden, met veel goede renners en knechten die bovengemiddeld koersten en op gepaste momenten 'vrienden' in het peloton wisten te vinden, nam de Tourdirectie de beslissing het jaar daarop niet meer met gesponsorde teams te werken.

In 1930 reed men met landenploegen van acht renners plus een heleboel renners die in regionale teams waren ingedeeld. Om de koers eerlijk te houden. En, om met de koersdirecteur te spreken, om niet met een levend lijk in Parijs aan te komen.

Waardevol geel

Insiders wisten dat er een heel goede Amerikaanse renner meedeed aan de Tour van 1999. Hij reed nota bene met rugnummer 1. De bedoeling was dat hij zich in de eerste week rustig zou houden, om dan toe te slaan in de eerste grote tijdrit in Metz. Daar zou hij tonen dat hij uitstekend solo kon rijden en vanuit de dan verworven goede positie in het algemeen klassement kon hij gaan aanvallen voor de winst van de ronde. Dat was het plan van Cofidis-renner Bobby Julich.

Julich werd 26ste in de proloog op 28 seconden van de renner die eigenlijk in het shirt van Cofidis had moeten rijden: Lance Armstrong. Die droeg nu het shirt van US Postal, want de Fransen hadden hem twee jaar eerder aan de dijk gezet. Zij zagen niets in een ex-kankerpatiënt die weer in de wielerwereld wilde terugkomen. Hij was voor het laatst in de Tour van 1996 opgestapt en dat jaar naamloos afgestapt, en in de optiek van de leiders van Cofidis was Armstrong patiënt en geen sportman meer. Het miljoenencontract werd verscheurd. Kanker was eng. Kanker hoorde niet bij sport.

Armstrong zei dat hij op revanche zon. Hij won de proloog, wat niemand sensationeel vond die middag in Puy du Fou. Waarom weet ik niet, want het was toch een ex-kankerpatiënt die alle specialisten de benen afsneed. Hij klopte Alex Zülle, favoriet voor de zege, hij hield Abraham Olano, niet lang daarvoor wereldkampioen en erkend tijdrijder, achter zich en hoewel de verschillen uiteraard klein waren, creëerde de Amerikaan een klein gaatje, waardoor hij twee dagen achter elkaar de trui mocht dragen. Kenners zeiden dat Armstrong in de bergen te kort zou gaan komen, hoewel er geruchten gingen dat zijn klimvermogen verbeterd was, voornamelijk ook door het feit dat hij sinds zijn eerste deelname aan de Tour een kilo of acht kwijt was geraakt.

Tot de tijdrit van Metz was de ronde een sprintersfestival met een vierkante, geblokte man uit Letland in het geel: Jaan Kirsipuu. In Metz gebeurden er twee merkwaardige zaken.

Ten eerste de idiote val van Bobby Julich. Op een bochtig stuk weg, licht dalend, geen stoepranden, geen oversteekplaatsen, geen vluchtheuvels of wat dan ook, sloeg de Amerikaan uit Corpus Christi hard tegen de grond en bleef zwaar geblesseerd liggen. Gebroken elleboog, gebroken ribben en 'iets' in zijn binnenste dat ook gebroken aanvoelde.

Exit Julich, de man die de Tour van '99 mede vorm had moeten geven. Exit misschien ook wel de kampioen van de toekomst. Hij kwam langzaam op een leeftijd dat ronderenners rijp en hard worden en stabiel gaan rijden, maar helaas, rugnummer 1 van de Tour werd weggevoerd naar een ziekenhuis en zou jaren later pas weer op een redelijk niveau terugkomen.

De tweede grote verrassing van de tijdrit was de manier waarop Armstrong de tijdrit domineerde. Hij won niet alleen, maar hij was de baas. Hij liet uitsluitend Zülle in zijn omgeving toe en de anderen (vanaf nummer drie, Christophe Moreau, tot en met de nummer laatst, Jimmy Caspar) kregen van twee minuten tot dik een kwartier aan hun broek. Armstrong reed een kleinere versnelling dan hij ooit gedaan had, maar scheen zich goed te voelen bij die hogere beenomwenteling.

Hij kreeg zijn derde gele trui die middag, maar was nog steeds makkelijk te benaderen. Ik herinner me dat ik hem vrij eenvoudig kon volgen naar een kleine camper waar hij me met cameraman en al binnen de hekken liet en de tijd nam voor een grappig, brutaal gesprek. Hij zei onder meer: 'Ik denk dat ik in deze ronde mee kan gaan spelen. *Things are going okay. Not bad for a former cancer patient, isn't it?*'

Toen, na acht dagen Tour, wisten we met z'n allen niet wat hij allemaal wilde en wat hij werkelijk kon. Na Metz reed hij het hele peloton op een hoop in de klimetappe naar Sestrières en de gele trui gaf hij die ronde niet meer af.

Het was het begin van een opzienbarende dans in het geel. Gedurende zeven jaar zou de Texaan de Tour beheersen, de ene keer wat duidelijker dan de andere, maar heersen deed hij. En gele truien kreeg hij. Tientallen. Korte mouwen. Lange mouwen. Tijdrittruien. Kasten vol truien.

Tenminste, daar ging ik van uit. Dus mailde ik hem, in 2004. Ik had een uitnodiging gekregen om in Londen een veiling te leiden ten behoeve van de Stichting KiKa (Kinderen Kankervrij). Tijdens die veiling zouden er diverse sportgerelateerde zaken aangeboden worden: een gesigneerd Arsenal-shirt van Dennis Bergkamp, een shirt van het Nederlands voetbalelftal, een olympisch hockeypakket, een boekje dat ik tijdens de Zomerspelen van Athene door bijna alle medaillewinnaars (en de kroonprins) had laten signeren, het zwempak van Inge de Bruijn, dure wijn, een lunch hier, een kunstwerk daar. Maar ik zon op iets specialers.

Ik mailde Armstrong dat hij me een groot plezier zou doen als hij een van zijn gele truien zou afstaan voor het goede doel. Graag met een duidelijke handtekening en dat ik die trui dan, als klapstuk, zou kunnen gaan veilen in Londen.

Het was een drukke tijd voor hem, in september werd hij in de USA van hot naar haar geslingerd, maar hij antwoordde na een paar dagen: *No problem. I get you one. Come and get it.*

Kijk, je mag een heleboel van deze man zeggen: dat hij de Tour de France kreupel heeft gemaakt door zijn manier van koersen; dat hij de wielersport geen goed heeft gedaan door de Tour als enige doel te nemen en de andere wedstrijden aan zijn laars te lappen; dat hij hem onwelgevallige renners kleineerde; dat hij van zijn optreden in de Tour een waar mediaspektakel maakte. Je mag het allemaal zeggen, als je dan ook maar opmerkt dat hij wat kanker betreft openstond voor bijna iedereen.

Ik herinner me de ronde van 2001. Een vriend belde me, drie dagen voor Parijs. De Tour zwoegde naar Parijs toe, Armstrong werd dagelijks belegerd door de hele mediawereld en ik kreeg telefonisch de vraag voorgelegd of ik bij Armstrong 'even' de namen en telefoonnummers van de kankerspecialisten kon loskrijgen die hem in 1996 bijgestaan hadden in de VS. Het was een zaak van leven en dood, begreep ik.

En ja hoor. In het gewoel rond de etappes, in de spanning, in een sfeer waarin zo'n vraag absoluut niet paste, gaf Armstrong mij rustig de namen en de telefoonnummers. Hij wist ze uit zijn hoofd. Hij nam er de tijd voor. Er was nog iets anders dan fietsen.

Dus was het eigenlijk niet zo verbazingwekkend dat hij ja zei op mijn verzoek om de gele trui. Toen ik iets later in contact kwam met zijn secretaris in Austin, bleek dat er per dag ongeveer twintig verzoeken van dergelijke aard bij de organisatie van Armstrong binnenkwamen. Twintig per dag, meer dan honderd per week, vierhonderd per maand, zo'n vijfduizend per jaar. Dat maakte het extra bijzonder dat hij mij mailde: 'Come and get it.'

Dus ik moest er wel iets voor doen, zo was hij ook. En dus haalde ik de trui op in Austin. Hij kwam op me af en excuseerde zich dat het geen trui van de afgelopen Tour was. '*This one is from O-Three, do you mind?*'

Ik schudde mijn hoofd en zag hem, met een grote viltstift, zijn handtekening op de voorkant van de trui zetten, als teken van echtheid: '*Get a lot of money for this one, my man, go for it!'* zei hij en vroeg pesterig of ik nog steeds geloofde in de kracht van Tyler Hamilton, een man die zojuist positief verklaard was door de laboratoria van de UCI.

Londen, november 2004.

Het feest vindt plaats in The Brewery in Chiswell Street. Als de veiling begint, heb ik geen idee hoe zoiets moet. Op gevoel, denk ik maar, en ik kijk nog eens naar de stukken. Wie gaat er bieden op een lunch bij de ambassadeur? Wie wil een vijfliterfles van een Château Teyssier, een 2001 Grand Cru uit de St. Emilionstreek? Wie gaat er bieden op een heel hippe kinderbuggy, de Bugaboo Frog Denim? Een jaar eerder was dat een topstuk.

Ja, het sterft binnen van de echte yuppen. Voor het merendeel leuke Nederlanders die tewerkgesteld zijn bij banken en grote Nederlandse bedrijven; young good looking kids die iets te vergeven hebben, mensen die met bonussen werken, landgenoten die, niet ver van huis, eens in de zoveel tijd bij elkaar komen en eens per jaar het Oranjebal inrichten als veiling en dan een goed doel in Nederland uitkiezen voor het sussen van hun over het algemeen toch wel goede geweten.

De avond verloopt zoals ik hoop. Ik vertel een verhaal over de wielrenner Gerrie Knetemann, die kort tevoren overleden is en die heel veel voor KiKa heeft gedaan. In de zaal wordt het eindelijk stil. De eerste tranen zie ik al verschijnen. Het zal een avond worden die we ons met z'n allen nog lang zullen heugen.

De stukken gaan weg tegen prachtige bedragen. Er wordt geboden in Britse ponden, maar ik heb het opgegeven om alles om te rekenen. Het is mijn taak veel geld los te krijgen voor KiKa en dat te doen in een sfeer van respect, feestelijkheid en gepast sentiment. Dat laatste lukt.

Als alle aangekondigde stukken geveild zijn en de organisatoren met rode konen van opwinding rondlopen, komt de gele trui van Armstrong. Met enig gevoel voor show kondig ik de trui aan en toon hem aan het publiek. Er trekt een siddering door de zaal. Ik kijk Caroline de Vries aan, een van de organisatrices. Ze knikt me van afstand toe: *Go for it!*

Ik voel in de zaal iets gebeuren. Een elektrische lading neemt bezit van ons allen. Het wordt eerst even doodstil, dan volgt er een daverend applaus. Is het voor Lance? Is het omdat hij die trui gegeven heeft? Is het, zoals wel vaker gebeurt, om met klappen de demonen te verdrijven? Dan begint de bieding.

De initiële inzet is hoger dan bij andere stukken, maar ik weet niet hoe ver ik kan gaan.

Vierhonderd.

Vijfhonderd.

Zeshonderd.

Het gaat razendsnel. Binnen een minuut schieten we door de duizend pond heen, een minuut later passeren we de tweeduizend. Ik kijk rond. Bijna vierhonderd landgenoten, allen in avondkleding, hebben iets fanatieks in de ogen, dit is een heel speciale bieding. Rechtsachter in de zaal: vierentwintighonderd pond geboden. Hier vooraan: zevenentwintighonderd pond. Links in het midden, die meneer met oranje strik: drieduizend pond. Ik probeer het tempo er een beetje uit te halen. Het gaat waanzinnig goed. Te goed? Vierendertighonderd. Het wordt spannend. Ik voel dat er kleine straaltjes zweet over mijn rug lopen.

En zo klimt het bedrag. Vierduizend, zesenveertighonderd. Mensen houden hun adem in. Ik loop nu van hoek naar hoek voor in de zaal: negenenveertighonderd geboden. Er volgt applaus en opgewekt gejuich als we de grens van de vijfduizend pond overschrijden. Ik voel mezelf bijna licht worden en als in trance ga ik verder. Ik noem bedragen en wijs naar de mensen die bieden. In het midden van de zaal zit een bekende van me die meebiedt. Ik ben benieuwd hoe lang hij dat zal doen.

Zesduizend pond voor die meneer daar links aan de grote tafel. Het publiek achter in de zaal dringt nu langzaam op. Vierenzestighonderd. Applaus. Zesenzestighonderd, meer applaus.

Ik zie dat bijna iedereen nu is gaan staan, ook de mensen die voorin zitten, ook de ambassadeur, Graaf de Marchant d'Ansembourg, een reuze aardige man die me eerder gevraagd heeft niet op de sentimenten in te spelen, want: 'Dan houd ik het niet droog, meneer Smeets.'

Ik kijk naar een tafeltje waaraan mijn vrouw zit. Ze heeft even meegeboden, waar ik erg om moest lachen. Ook zij staat, heeft rode konen en natte ogen. Negenenzestighonderd pond.

Het blijft even stil in de zaal. Het is woest spannend, ik voel heel klam aan, maar ik ben niet de enige. Als ik rondkijk, zie ik allemaal natte hoofden. Het is van de spanning, van de onwerkelijke sensatie. Niemand weet hoe ver we met z'n allen durven te gaan.

De gele trui van Armstrong staat ingelijst op het podium. Ik kijk nog eens goed. Het is een wielertrui in de kleur geel. Inkoop wellicht twaalf euro, als het niet minder is. Het kan niet waar zijn wat ik nu doe.

Ik roep, nee schreeuw: 'Wie voor zevenduizend pond?'

Het blijft stil. Ik kijk rond. Er wordt geroepen 'eenenzeventighonderd' en weer wordt er harder geklapt.

Tweeënzeventighonderd?

'Hier.' Mijn kennis steekt rustig zijn hand op.

Gejuich.

De bieding duurt nog vier minuten. Trillend sta ik de zaal in te kijken. Wie? Waar? Bij vijfenzeventighonderd pond is een geweldig applaus te horen. Het dak gaat eraf, dit hebben we nog nooit meegemaakt. Het gaat nu tussen twee mannen; eentje recht voor me en eentje helemaal links van me. Hij zit aan een grote tafel waar anderen met de hand voor de mond staan: durft hij nog hoger te gaan?

Ik voel dat het eindbedrag eraan zit te komen. Heel voorzichtig noem ik nog een bedrag. Iedereen in de zaal staat, mannen en vrouwen met grote ogen, sommigen met een glas in de hand, anderen met de handen voor de mond. Ik kijk rond. Mijn kennis laat lopen, begrijp ik uit zijn blik.

Dan komt de slotbieding. We zitten boven de achtduizend pond. Om het maar in gewone Hollandse guldens te zeggen: meer dan vijfentwintigduizend piek voor een gesigneerd wielershirt. Links van me steekt de jongeman voorzichtig zijn hand op.

Heel even is het onwerkelijk stil in de zaal en dan begint iedereen keihard te klappen. Ik kijk rond en zie overal mensen met natte ogen. Nee, het is geen huilen, maar de sentimenten laaien zo hoog op dat bijna niemand het echt droog weet te houden. Eenmaal, andermaal... verkocht. Ik moet heftig slikken en loop langzaam naar de linkerhoek van de zaal.

Ik voel iets heel onbestemds bij mezelf. Mijn stem stokt, ik weet bij god niet hoe je zoiets moet aanpakken. Ik sla mijn armen om zijn schouders heen en maak een accolade met hem en houd hem even vast. Gefeliciteerd, prachtig gedaan. Gefeliciteerd. Hij zegt iets terug, maar ik versta hem niet.

Het applaus zwelt aan, er wordt voluit gejuicht in de zaal en dat geluid blijft zeker een halve minuut over ons heen hangen.

Dan steekt de jonge vent zegevierend zijn armen omhoog: *yes!* Hij heeft de gele trui van Lance Armstrong!

Later hoor ik de achtergrond van zijn fanatisme. Zijn moeder was ziek geworden en men had kanker bij haar geconstateerd. Zij had Armstrongs boek over het overwinnen van kanker gelezen en had enorm veel aan zijn opwekkende teksten gehad. Zodanig dat ze zich weer beter was gaan voelen. Armstrong was haar gids geworden in vreselijk moeilijke tijden. En daarom had hij voor zijn moeder die gele trui gekocht. Ja, het mocht wat kosten, maar hij moest en zou die trui hebben.

Ik mailde Armstrong het resultaat van de veiling.

'*Your fucking yellow shirt was worth eighty-three-hundred British pounds, you ass...*' schreef ik.

Per omgaande mailde hij terug: '*Well done asshole, that's the way! We gotta beat that illness. Be nice, Lance.*'

Ik denk nog weleens terug aan die waanzinnige zaterdagavond in Londen. Het geluid in de zaal, al die mensen die meer dan geroerd waren; tranen, juichen, klappen. En op dat podium stond een lijst met daarin een eenvoudig wielershirt.

De gele trui.

Primeur geel

Vanaf 1919 tot heden is de gele trui gedragen door renners uit eenentwintig verschillende landen. De titularissen van de onderscheiden naties:

Frankrijk – Eugène Christophe, 1919
België – Firmin Lambot, 1919
Italië – Ottavio Bottecchia, 1923
Luxemburg – Nicolas Frantz, 1927
Oostenrijk – Max Bulla, 1931
Duitsland – Kurt Stoepel, 1932
Zwitserland – Paul Egli, 1936
Nederland – Wim van Est, 1951
Spanje – Miguel Poblet, 1955
Engeland – Tom Simpson, 1962
Ierland – Seamus Elliott, 1963
Australië – Phil Anderson, 1981
Denemarken – Kim Andersen, 1983
Canada – Alex Stieda, 1986
USA – Greg LeMond, 1986
Polen – Lech Piasecki, 1987
Portugal – Acacio da Silva, 1989
Rusland – Evgeny Berzin, 1996
Estland – Jaan Kirsipuu, 1999
Colombia – Victor Hugo Pena, 2003
Noorwegen – Thor Hushovd, 2004

Alle geletruidragers

In onderstaande lijst worden alle geletruidragers van de Ronde van Frankrijk vermeld. De laatste naam is steeds die van de winnaar in Parijs. Over de gele trui van de eerste dag van de ronde van 1961 bestaat geen officiële lezing. Darrigade won de ochtendetappe en Anquetil was 's middags de beste in de individuele tijdrit. Er bestaat een lezing dat er na de ochtendetappe geen trui werd uitgedeeld en er is er een waar Darrigade wel genoemd wordt als eerste drager.

Ook over de (merkwaardige) proloog van 1988 (Pornichet-La Baule) bestaat onzekerheid. Er werd gereden met groepen van negen renners. Op één kilometer van de streep werden acht renners afgeleid en moest er een coureur doorrijden. De Italiaan Bontempi was in die kilometer het snelst.

1919: Christophe, Lambot
1920: Mottiat, Thys, Goethals, Rossius, Masson, Thys
1921: Mottiat, Scieur
1922: Jacquinot, Christophe, Alavoine, Heusghem, Lambot
1923: Jacquinot, Bottecchia, Bellenger, Bottecchia, H. Pélissier
1924: Bottecchia
1925: Bottecchia, Benoit, Bottecchia
1926: J. Buysse, Van Slembrouck, L. Buysse
1927: F. Pélissier, F. Le Drogo, H. Martin, Frantz
1928: Frantz

1929: Dossche, M. Bidot, Deolet, De Waele, Frantz, Rebry, Fontan, De Waele
1930: Ch. Pélissier, Guerra, Leducq
1931: Hamerlinck, Bulla, Le Calvez, Di Paco, Ch. Pélissier, A. Magne
1932: Aerts, Stoepel, Leducq
1933: Archambaud, Lemaire, Speicher
1934: Speicher, A. Magne
1935: R. Maes
1936: Egli, Archambaud, Mersch, Archambaud, S. Maes
1937: Majerus, Kint, Bautz, Bartali, S. Maes, R. Lapébie
1938: Oberbeck, Majerus, Leducq, F. Vervaecke, Bartali
1939: Fournier, R. Maes, Fontenay, Vietto, S. Maes

1947: Kübler, Vietto, Ronconi, Vietto, Brambilla, Robic
1948: Bartali, Engels, L. Bobet, Lambrecht, L. Bobet, Bartali
1949: Dussault, Lambrecht, Callens, Marinelli, Magni, Bartali, Coppi
1950: Goldschmit, B. Gauthier, Goldschmit, B. Gauthier, Magni, Kübler
1951: G. Rossi, Diederich, Biagioni, Levêque, Van Est, Bauvin, Koblet
1952: Van Steenbergen, Lauredi, Magni, Lauredi, Magni, Carrea, Coppi
1953: Schaer, Hassenforder, Schaer, Robic, F. Mahé, Mallejac, F. Mahé, Mallejac, L. Bobet
1954: W. Wagtmans, L. Bobet, W. Wagtmans, Bauvin, L. Bobet
1955: Poblet, W. Wagtmans, Rolland, Van Est, Rolland, L. Bobet
1956: Darrigade, G. Desmet, Darrigade, Walkowiak, Voorting, Darrigade, Adriaensens, W. Wagtmans, Walkowiak

1957: Darrigade, Privat, Anquetil, Barone, Forestier, Anquetil
1958: Darrigade, Hoevenaars, Van Est, Bauvin, Voorting, Darrigade, Geminiani, Favero, Geminiani, Favero, Gaul
1959: Darrigade, Cazala, Pauwels, Vermeulin, Hoevenaars, Pauwels, Bahamontes
1960: Schepens, Nencini, J. Groussard, Anglade, Adriaensens, Nencini
1961: Darrigade, Anquetil
1962: Altig, Darrigade, Altig, Geldermans, Darrigade, Schroeders, Simpson, J. Planckaert, Anquetil
1963: Pauwels, Elliott, G. Desmet, Bahamontes, Anquetil
1964: Sels, Van de Kerckhove, Altig, G. Groussard, Anquetil
1965: Van Looy, Van de Kerckhove, Gimondi, Van de Kerckhove, Gimondi
1966: Altig, De Pra, Lebaube, Kunde, Janssen, Aimar
1967: Errandonea, Van Neste, Polidori, Spruyt, Pingeon, Riotte, Pingeon
1968: Grosskost, Van Springel, Genet, Vandenberghe, Wolfshohl, San Miguel, Van Springel, Janssen
1969: Altig, Merckx, Stevens, Letort, Merckx
1970: Merckx, Zilioli, Merckx
1971: Merckx, R. Wagtmans, Merckx, Zoetemelk, Ocaña, Merckx
1972: Merckx, Guimard, Merckx, Guimard, Merckx
1973: Zoetemelk, Teirlinck, Van Springel, Catieau, Ocaña
1974: Merckx, Bruyère, Merckx, Karstens, P. Sercu, Karstens, Merckx
1975: Moser, Merckx, Thévenet
1976: Maertens, Van Impe, Delisle, Van Impe
1977: Thureau, Thévenet

1978: Raas, Bossis, Thaler, Knetemann, Bruyère, Zoetemelk, Hinault
1979: Knetemann, Bernaudeau, Hinault, Zoetemelk, Hinault
1980: Hinault, Knetemann, Bertin, Pevenage, Hinault, Zoetemelk
1981: Hinault, Knetemann, Anderson, Hinault
1982: Hinault, L. Peeters, Anderson, Hinault
1983: Vanderaerden, J.L. Gauthier, Andersen, Kelly, P. Simon, Fignon
1984: Hinault, L. Peeters, Hanegraaf, A. van der Poel, Barteau, Fignon
1985: Hinault, Vanderaerden, Andersen, Hinault
1986: T. Marie, Stieda, T. Marie, Garde, Van der Velde, Pedersen, Hinault, LeMond, Hinault, LeMond
1987: J. Nijdam, Piasecki, Mächler, Mottet, Gayant, Mottet, J.F. Bernard, S. Roche, Delgado, S. Roche
1988: Bontempi, Bauer, T. van Vliet, Lubberding, J. Nijdam, Bauer, Delgado
1989: Breukink, Da Silva, LeMond, Fignon, LeMond, Fignon, LeMond
1990: T. Marie, Bauer, Pensec, Chiappucci, LeMond
1991: T. Marie, LeMond, R. Sörensen, T. Marie, LeMond, Leblanc, M. Indurain
1992: M. Indurain, Zülle, Virenque, Lino, M. Indurain
1993: M. Indurain, Nelissen, Cipollini, Nelissen, Cipollini, Museeuw, M. Indurain
1994: Boardman, Museeuw, Vanzella, Yates, Museeuw, M. Indurain
1995: J. Durand, L. Jalabert, Gotti, Riis, Bruyneel, M. Indurain
1996: Zülle, Moncassin, Heulot, Berzin, Riis
1997: Boardman, Cipollini, C. Vasseur, Ullrich
1998: Boardman, Zabel, Hamburger, O'Grady, Ullrich, Desbiens, Ullrich, Pantani

1999: Armstrong, Kirsipuu, Armstrong
2000: D. Millar, L. Jalabert, Elli, Armstrong
2001: C. Moreau, M. Wauters, O'Grady, Voigt, O'Grady, F. Simon, Armstrong
2002: Armstrong, Bertogliati, Zabel, F. Gonzalez de Galdeano, Armstrong
2003: McGee, J.P. Nazon, Peña, Virenque, Armstrong
2004: Cancellara, Hushovd, McEwen, Armstrong, Voeckler, Armstrong
2005: Zabriskie, Armstrong

Eveneens leverbaar:

Mart Smeets *De Tour van '80*

Meer dan honderdduizend Nederlanders trokken op zondag 20 juli 1980 naar Parijs om Joop Zoetemelk in het geel te zien. Gerrie Knetemann reed naast Joop en tilde diens arm op bij het passeren van de streep. Nederland leefde in een heerlijke Tourroes dat jaar.

De Raleigh-ploeg van Peter Post won niet alleen de twee ploegentijdritten, maar met mannen als Jan Raas, Bert Oosterbosch, Henk Lubberding, Cees Priem en De Kneet ook nog eens tien etappes. Bernard Hinault viel met een zere knie uit, Hennie Kuiper werd tweede zonder dat iemand hem opmerkte en 'we' hadden vijf renners bij de eerste twintig in het klassement.

Het regende een groot gedeelte van de Ronde, Joop viel van zijn fiets in de Alpen, maar als eeuwige tweede won hij op 33-jarige leeftijd zijn Ronde van Frankrijk.

Vijfentwintig jaar na de glorieuze wielerzomer van 1980 beleeft Mart Smeets de Ronde nog een keer. Van start tot finish, met feiten en verhalen van achter de schermen. Gebruikte Thurau doping? Wie was Jan Jonkers? Had Joop hulp van vroegere ploeggenoten? Geloofden de Raleighrenners in de eindzege van hun kopman? *De Tour van '80* is een 'must' voor iedere sportliefhebber.

224 bladzijden

ISBN 90 468 0001 6